MISSION DIVINE

Du même auteur

Jours de crimes, avec Pascale Robert-Diard,
L'Iconoclaste, 2018, Points, 2019

Directs du droit, avec Éric Dupond-Moretti,
Michel Lafon, 2017

Bête noire, avec Éric Dupond-Moretti, Michel Lafon, 2012

Frissons d'assises, Denoël, 2012, Points, 2013

Disparition d'une femme, L'Olivier, 2011, Points, 2014

L'Iconoclaste
26, rue Jacob, 75006 Paris
Tél. : 01 42 17 47 80
iconoclaste@editions-iconoclaste.fr
www.editions-iconoclaste.fr

STÉPHANE
DURAND-SOUFFLAND

MISSION DIVINE

L'ICONOCLASTE
ROMAN

La boîte en fer

Étienne écoute, fasciné, cet homme en robe rouge qui le décrit sous les traits d'un criminel féroce. Personne n'a jamais parlé de lui aussi longtemps, de manière aussi exaltante. Étienne connaît à peine l'orateur. Il ne pourrait même pas dire comment il s'appelle, bien qu'il l'ait rencontré plusieurs fois depuis son arrestation. Il a su son patronyme, on le lui a encore répété juste avant l'ouverture du procès, il reconnaît vaguement son visage un peu triste. Mais, à présent, son nom lui échappe. Qu'importe, les mots de l'inconnu l'emplissent, comblent ce vide intérieur qui le terrorise.

Étienne a posé sa tête sur ses deux mains. Il fixe l'homme sans nom, de son regard tordu par un strabisme qui ne cesse de s'accentuer depuis l'adolescence. Son épaisse tignasse noire s'effondre en une frange disproportionnée. Il boit les paroles de cet inconnu qui l'a percé à jour. Quand il parle, Étienne prend vie.

Depuis la fin de la mission, les choses ne tournent plus rond. On lui a posé mille questions auxquelles il n'a pas su répondre, de sorte qu'il lui est arrivé de mentir. Il a refusé d'avouer ce qui lui est aujourd'hui reproché. Il s'en félicite : l'homme en rouge ne lui en tient aucune rigueur. Il voit même dans ses dénégations la preuve qu'Étienne a toute sa raison.

Le vrai, le faux, l'inventé s'entrechoquent dans la tête d'Étienne, comme trois biscuits rassis oubliés dans une vieille boîte en fer. Il a des souvenirs précis de certains événements, d'autres se dérobent. A-t-il rêvé sa vie ?

Justine et les auto-stoppeurs

Justine s'est proposé d'aller faire les courses ce dimanche, enchantée à l'idée de profiter d'une matinée délicieuse, de flâner seule au village, de boire un café en terrasse. La troupe d'amis, rassemblée pour ces vacances estivales dans une fermette restaurée, a applaudi des deux mains. Il fait déjà très beau, on l'attendra au bord de la piscine, creusée à l'emplacement d'une ancienne étable, et on déjeunera d'une grande salade.

Chaque été, Justine et son mari Loïc partagent une villégiature avec trois autres couples. Depuis une incursion désastreuse en terres bretonnes – demeure magnifique, quinze jours de pluie battante –, ils ont instauré une loi d'airain selon laquelle on ne louera plus au nord de la Loire. Cette année, ils ont choisi l'Aveyron, dont les charmes leur ont été vantés par un chanteur de variétés auquel le mari de Justine, qui travaille dans l'immobilier, a vendu un spectaculaire appartement. « Vous verrez, avait promis l'artiste, c'est aussi joli que le Luberon, les cons en moins. » Il avait raison.

Après avoir rangé ses achats dans le coffre, elle prend le chemin du retour. Sa voiture embaume le basilic. Justine est une jolie jeune femme brune, au regard vif, qui tient de ses origines latines une peau mate. Elle a mis sa tenue de marché – une robe légère offerte en juin par son époux pour leur quatrième anniversaire de mariage, des escarpins raisonnablement surélevés, des lunettes de soleil à la griffe d'une célèbre maison de couture italienne, c'est parfait.

Elle aime écouter Joe Dassin en conduisant. En plein milieu de « Salut les amoureux », Justine aperçoit, assez loin devant elle car la route, à cet endroit, est rectiligne, deux auto-stoppeurs chargés d'énormes sacs à dos. L'un d'eux tient en laisse un chien minuscule.

Cela ne doit pas être évident de faire du stop, aussi lourdement chargés et accompagnés d'un chien. La taille dérisoire de l'animal la touche. Elle adore les chiens et en possède un, une sorte de démon velu. Pendant les vacances partagées, il est d'usage qu'aucun des quatre couples n'impose aux autres sa ménagerie. De sorte que chaque année, la mort dans l'âme, Justine dépose Vinaigrette dans une pension haut de gamme pour animaux de compagnie.

La voix grave de Joe Dassin, l'image des yeux mouillés de Vinaigrette, le soleil de ce dimanche de marché, le parfum du basilic... Justine éprouve instantanément une sorte de tendresse pour les deux vagabonds. Il est environ midi, le soleil occitan commence à rôtir la campagne, bientôt ce sera un cagnard à cuire le bitume et elle plongera avec délice dans la piscine. Comment accepter l'idée qu'ils vont, eux, rissoler en attendant qu'un automobiliste un peu moins égoïste que les autres ne les prenne à son bord ? Et leur petit chien ?

À mesure qu'elle se rapproche, Justine distingue mieux les deux personnages. Un homme et une femme. Lui, très brun, une tignasse si épaisse qu'elle ressemble à l'un de ces bonnets en poil d'ours dont sont coiffés les soldats britanniques devant Buckingham Palace. Il porte deux gros sacs, l'un, vert, sur le dos, l'autre, noir et un peu moins volumineux, sur le ventre, comme un parachutiste avant de sauter. Il tend le bras du côté de la route, pouce levé, et marche à reculons le long du fossé depuis qu'il a entendu vrombir le moteur de la voiture de Justine. La femme progresse à trois ou quatre mètres de lui et ne porte qu'un seul sac, sur le dos, recouvert par de très longs cheveux blonds tombant presque au niveau de la taille. C'est elle qui tient le minuscule chien en laisse. Quand Justine commence à ralentir, elle réalise qu'il s'agit d'un chat, ventre blanc et pelage tigré.

Elle active son clignotant, dépasse le couple de quelques mètres, s'arrête à moitié sur le talus herbeux. Elle descend et se dirige dans leur direction. Ils n'ont plus fait un pas depuis qu'ils ont compris qu'elle allait les emmener.

L'homme, grassouillet, porte un t-shirt kaki orné du logo d'une marque américaine et de traces de transpiration, un pantacourt pas très propre mais convenable et des sandales renforcées à Velcro, fort laides, comme on en trouve dans les magasins de sport. Il a noué autour de sa taille les manches d'une sorte de sweat gris sombre. La femme est vêtue curieusement pour une femme, pense Justine : un haut à manches courtes de couleur parme sur un short noir à parements vert bouteille, des chaussettes rouges ou orange qui dépassent de gros souliers de randonnée. Ses jambes n'ont pas été épilées depuis longtemps. Justine salue les deux routards avec jovialité et leur demande où ils vont. L'homme indique le nom d'une localité – plus tard, elle se demandera s'ils ont auparavant répondu à son « bonjour ». Elle connaît le bourg. Il n'est pas sur son chemin, mais le détour est minime. Elle a été déçue de ne pas trouver un chien au bout de la laisse : elle n'aime guère les chats et Vinaigrette lui reprochera certainement d'en avoir accueilli un quand elle flairera son passage. Mais Justine ne se sent pas le cœur à laisser en plan ces deux auto-stoppeurs.

Elle les invite à quitter leur barda, regroupe ses provisions pour fourrer dans la malle l'un des trois sacs sans écraser les tomates biscornues et les pêches bio achetées à prix d'or, ouvre la portière arrière droite, entasse avec difficulté les deux autres bagages l'un sur l'autre, referme la portière, ouvre celle du passager, et fait signe avec un grand sourire à la femme blonde de monter à l'avant. C'est l'homme qui s'y installe. Sa compagne, sans dire un mot, a déjà contourné l'auto pour prendre place à l'arrière, le chat sur les genoux.

En redémarrant, Justine coupe le sifflet à Joe Dassin de crainte que sa ritournelle ne fasse pas l'unanimité. L'habitacle reste silencieux et, bientôt, il est envahi par une odeur nauséabonde. Les passagers sentent très mauvais, constate la conductrice, peu habituée, dans son milieu professionnel – elle travaille dans la communication –, à tomber sur des crasseux.

Il est à présent trop tard pour les débarquer. L'homme regarde droit devant lui, même pas distrait par les jambes bronzées de Justine, que dévoile sa robe légère. Elle remarque cette indifférence, la trouve non pas vexante mais intrigante. La femme, dont elle ne distingue que la moitié du visage dans le rétroviseur, fixe le paysage à travers sa vitre. Elle et son compagnon ne pipent mot. Des taiseux ? Ils sont peut-être en froid : ils donnent l'impression de se bouder l'un l'autre et l'atmosphère devient pesante.

« Vous connaissez bien la région ? » demande Justine pour briser le silence.

Quelques secondes, puis l'homme répond :

« Non.

– C'est très joli. Deux rivières se rejoignent dans la ville où je vous emmène, il y a des vieilles maisons, les vestiges d'une forteresse... Vous y allez pour une raison précise ? »

L'homme se retourne vivement et cherche le regard de la femme. Elle doit lui faire un signe qui échappe à Justine.

« Oui, dit-il. C'est une des étapes de notre mission. »

Au mot « mission », Justine se crispe. Faut-il demander de quoi il s'agit ou, au contraire, faire comme si la réponse suffisait ? La voiture vient de dépasser le panneau indiquant que leur objectif se trouve à huit kilomètres. La climatisation, qu'elle pousse d'un cran, atténue la pestilence. La route va bientôt devenir sinueuse et Justine devra réduire son allure, mais elle n'a finalement qu'une poignée de minutes à tenir avant de se débarrasser du brun hirsute, de la blonde revêche et du chat. Autant prendre un air dégagé et lancer une conversation d'ameublement sur le paysage.

L'homme reprend la parole :

« Nous sommes en mission divine. »

Justine commence à regretter sa générosité, la mélancolie de Joe Dassin et, surtout, l'absence de Loïc, qui entretient sa musculature de déménageur dans une salle de sport. Ces deux-là, avec leur chat en laisse, ne ressemblent pas à des pèlerins de Compostelle. Le silence de la femme assise derrière elle l'oppresse.

« Votre chat supporte bien la laisse ? » tente Justine.

Son voisin la coupe aussitôt :

« C'est moi qui fixe l'itinéraire des circuits, mais c'est Sa Majesté qui décide de tout.

– Exact. »

Justine vient d'entendre, pour la première fois, la voix sèche et atone de sa passagère.

Poursuivent-ils, à mots couverts, une scène de ménage commencée au bord de la route ? Ou, au contraire, plaisantent-ils pour mettre un terme à une querelle en improvisant dans sa voiture un sketch qui va s'achever par un éclat de rire général? Sans pouvoir exactement expliquer pourquoi, Justine se dit que des gens qui tiennent un chat en laisse ne peuvent être des champions de l'humour. Elle craint d'être tombée sur des fous furieux. Tout en se concentrant sur la route, qui tournicote sérieusement, elle interpelle sa passagère :

« Ah, alors je dois vous appeler "Majesté" ?

– Oui », rétorque la femme blonde pendant qu'à l'avant, son compagnon opine gravement du chef.

Intuitivement, Justine décide d'entrer dans le jeu des auto-stoppeurs sans jamais leur donner à croire qu'elle se moque d'eux – telle n'est d'ailleurs pas son intention, elle a bien trop peur pour ironiser.

« Et vous, demande-t-elle à son voisin, comment dois-je vous appeler ?

– Je suis le secrétaire de Sa Majesté. Je suis aussi roi d'Australie et général major supérieur de la légion française en boîtes à vœux. »

Ils sont parvenus à destination. Justine sort d'un bond et ouvre la portière arrière gauche pour que Sa Majesté, restée figée sur la banquette, puisse descendre. Le roi d'Australie a déjà récupéré ses deux sacs à côté d'elle. Il attrape, dans le coffre, celui de sa compagne, qui s'en équipe après avoir demandé à Justine de bien vouloir tenir la laisse du chat pendant qu'elle ajuste sangles et ceinture.

Le couple bénit la conductrice d'une formule incompréhensible et disparaît.

Joe Dassin à fond, Justine fait demi-tour, toutes fenêtres ouvertes. Loïc la voit arriver en trombe, la mine chiffonnée.

«Tu ne devineras jamais qui je viens de prendre en stop, lui dit-elle.

– Qui?

– Le roi et la reine d'Australie. Ils sont en mission divine dans la région.»

Assise au bord de la piscine, un Spritz à la main, elle raconte son aventure aux amis, qui se tiennent les côtes. L'histoire des boîtes à vœux remporte un franc succès, chacun s'imagine en posséder une qui lui dicte sa conduite. Le petit jeu dure jusqu'au soir, quand Loïc déclare sententieusement:

«Ma boîte à vœux m'ordonne d'aller me coucher.»

Allongée à ses côtés, son épouse revient sur ces étranges auto-stoppeurs, sur son malaise, sur son début de panique.

« Ce sont probablement de doux dingues, avance l'agent immobilier. Tu as dû tomber sur deux pauvres schizophrènes en vadrouille. J'ai lu un jour l'interview d'un psychiatre. Il expliquait que les gens atteints de ce genre de pathologies ne sont presque jamais dangereux. »

Loïc a raison : les malades mentaux, généralement, ne tuent personne.

Le drap trop blanc

Peu avant 1 heure du matin, Laetitia Peri est tirée du sommeil par la sonnerie de son portable, qu'elle n'éteint jamais quand elle est de permanence. Au bout du fil, la voix du capitaine de gendarmerie Hugues Marny, d'ordinaire chaleureuse, est blanche. « On a un cadavre d'enfant, ce serait bien que vous veniez tout de suite. » L'officier lui indique l'adresse, un village réputé pour son église romane. La jeune magistrate, mal réveillée, la griffonne sur le cahier dans lequel elle prend des notes en vue de son audience hebdomadaire. Une corvée : les automobilistes arrêtés en état d'ébriété par les hommes de Marny défilent au tribunal, elle requiert des peines en mode automatique.

Substitute du procureur, Laetitia Peri est en poste depuis dix mois et apprécie cette affectation tranquille, idéale pour demander, d'ici à trois ou quatre ans, une première promotion intéressante. Elle est sortie très bien classée de l'École nationale de la magistrature et, pourtant, plutôt que de choisir un tribunal de premier plan, elle a pensé qu'elle gagnerait à se faire les griffes quelque part en province où, si elle y mettait du sien, elle se ferait remarquer.

À 28 ans, la jeune femme possède une expérience de la mort très limitée. Toute petite, elle avait entr'aperçu son grand-père, veillé par des proches à la lueur de cierges, dans la maison de famille, près d'Ajaccio. À l'École nationale de la magistrature, elle a enduré l'épreuve de l'autopsie et les blagues épouvantables de la directrice de l'Institut médico-légal, une rousse flamboyante qui s'amusait de l'effroi qu'elle produisait en découpant les macchabées. Les noyés se prêtaient particulièrement bien à l'exercice, et le professeur de médecine légale comptait dans sa tête, pendant qu'elle disséquait les corps boursouflés, le nombre d'étudiants qui quittaient la morgue précipitamment, la main devant la bouche – Laetitia

Peri, elle, n'a jamais flanché. Mais le cadavre d'une morgue, c'est un cadavre glacé, il s'agit seulement de comprendre à quoi est dû le trépas. Tandis qu'un cadavre sur la voie publique, c'est un corps encore chaud, un corps vivant il y a peu.

La substitute Peri s'habille à toute vitesse, luttant contre une montée d'angoisse. La victime est un enfant : elle a toujours redouté d'être confrontée à la mort d'un enfant.

Elle stationne sa voiture à la diable derrière une camionnette de pompiers, trente-cinq minutes après l'appel du capitaine. Une effervescence silencieuse règne au cœur du village, à quelques dizaines de mètres de l'église romane. Des spécialistes de l'Identité judiciaire déploient leur matériel, vêtus de combinaisons qui leur donnent, sous la lueur des projecteurs de la gendarmerie, des allures de spectres. Des pompiers, hagards, reprennent leur souffle. Ils ont tenté de ranimer l'enfant longtemps encore après avoir compris qu'ils n'y parviendraient pas. Le petit corps inerte repose sous un drap dont la blancheur obscène bouleverse Laetitia Peri. C'est sa première scène de crime. Elle est frappée par l'absence de bruit. Elle pense à ces paysages de neige qui étouffent les sons. À l'entrée d'une venelle, des traces de sang. Une poignée de badauds est tenue à distance par un barriérage sommaire. Plusieurs prennent des photographies avec leur téléphone portable, sans savoir de quoi il retourne. De là où elle est, Laetitia Peri n'entend pas leurs conversations.

Elle serre la main du capitaine Marny, dont elle apprécie, depuis qu'elle a pris ses fonctions, la compétence et le tact. L'officier est un homme de 44 ans, sportif, un beau gosse d'un mètre quatre-vingt-cinq, tout en maîtrise, devenu gendarme par vocation.

Il la conduit aussitôt auprès du légiste, le docteur Maçon, un praticien à la carrière déjà longue. Le médecin paraît désemparé : « C'est comme si le petit avait été attaqué par une bête... » On sent que cette hypothèse ne le satisfait pas. Quand la victime est si jeune, même un légiste peut avoir du mal à admettre d'emblée que, de toute évidence, un crime a été commis. Le moment tant redouté arrive : le médecin soulève le drap. L'image d'un gamin, les yeux grands ouverts, couvert de sang, lacéré de part en part, ne quittera plus la substitute. Elle fait comprendre d'un geste qu'elle en a assez vu, le docteur Maçon rajuste le linceul avec délicatesse. Debout devant le drap blanc, le trio reste silencieux pendant quelques secondes.

« On sait comment il s'appelle ? interroge Laetitia Peri qui, à cet instant, bien qu'elle soit la plus jeune et la moins expérimentée, prend la direction des opérations.

– Oui, répond Marny. Antonin Perron, 11 ans. Ses parents sont avec les pompiers. Il y avait une soirée chez eux, les gosses allaient et venaient dans le quartier. C'est un coin très calme ici, un village dans le village.

– Qui a trouvé le corps ?

– Un voisin, ami proche des parents. Ils sont tous en état de choc. »

Le capitaine se penche vers Laetitia Peri et, très bas, pour que personne ne puisse révéler par la suite que le conseil vient de lui :

« Vous pourriez peut-être téléphoner à M. le procureur... »

Elle le remercie d'un regard, s'éloigne de la scène,

note la présence d'un vélo d'enfant rouge, couché sur le trottoir, qu'elle n'avait pas remarqué auparavant. Elle sort son portable et cherche le nom de son supérieur hiérarchique. C'est la première fois qu'elle est amenée à utiliser ce numéro à une heure pareille. Il est presque 2 heures du matin quand le procureur Jacques Dupuy entend la sonnerie de son téléphone (il dit « mon GSM », à l'ancienne, ce qui fait sourire ses jeunes collaborateurs et sa secrétaire). Le magistrat répond dès qu'apparaît le nom de sa collaboratrice sur l'écran.

« Un souci, madame Peri ?

– Une mort violente, monsieur le procureur. Un enfant, couvert de plaies. Je suis sur place. Le légiste avance l'hypothèse de l'attaque d'un animal, mais sans conviction, comme pour ne pas envisager quelque chose de pire. On a peut-être un homicide.

– Quel âge a la victime ?

– 11 ans, monsieur.

– J'arrive. »

Sitôt qu'il a raccroché, Jacques Dupuy saute dans un costume, noue une cravate. Le procureur est un homme de taille moyenne, bientôt sexagénaire, lesté d'un léger embonpoint, distingué selon le canon de la province. Il a déjà eu à traiter quelques homicides, des dossiers sans grand relief : coup de couteau d'après-boire, crime passionnel déguisé en accident de chasse – sa perspicacité lui avait valu l'estime des gendarmes –, drame familial dans une ferme isolée... Jamais un meurtre d'enfant.

Jacques Dupuy roule à vive allure sur ces routes de campagne désertes qu'il connaît bien. Il n'a pas besoin de carte ni de GPS pour trouver le village d'où sa collaboratrice l'a appelé : il en a plusieurs fois visité l'église romane.

Son arrivée sur la scène de crime déclenche un mini branle-bas. Le capitaine Marny, le commandant des pompiers, le docteur Maçon, la substitute Peri et un adjoint au maire vont au-devant de lui. Il les salue un par un et s'enquiert de la situation.

Maçon, qu'il pratique depuis des années, est bouleversé :

« J'ai d'abord pensé à l'attaque d'un molosse errant, ou un truc comme ça, mais je pense que c'est un crime. Le môme a été massacré à coups de couteau. Des dizaines de coups de couteau. »

Le procureur prend l'enquête en main. Il se tourne vers Marny, vérifie que celui-ci a mis en œuvre tout ce que réclament des investigations de cette nature, constate sans surprise – il estime sincèrement l'officier – que tel est le cas. Pour la forme, il rappelle quelques consignes d'usage aux gendarmes et demande à Laetitia Peri de l'accompagner auprès des parents. Ils sont assis sur des sièges pliants et pleurent sans bruit. On leur a administré un sédatif qui les abrutit à moitié. Ces commerçants sans histoire ont déjà dit tout ce qu'ils savaient, c'est-à-dire rien d'utile à l'enquête.

« Je préviens le procureur général, glisse le procureur à Laetitia Peri en reprenant le volant. Venez très tôt au palais. Le meurtre d'un gamin attire les chacals, ça va secouer. »

Avant de démarrer, il ajoute, vitre abaissée, à l'intention de la substitute et du capitaine Marny qui se tient à ses côtés :

« Et pas un mot à la presse. »

Il se félicite de son sang-froid. Tout le monde a pu constater qu'il tenait fermement la barre.

Le procureur Dupuy est sorti de l'École nationale

de la magistrature il y a une bonne trentaine d'années, ni bien ni mal classé – un magistrat lambda. Marié, père de famille, il mène à présent une vie respectable et réglée de procureur de la République dans une région rurale, affectation sans prestige particulier aux yeux de ses collègues mais qui fait de lui un personnage de premier plan dans le département.

Ses perspectives d'avancement sont limitées. Au vu de son âge et de son parcours, Jacques Dupuy peut espérer grimper encore un échelon et obtenir, enfin, la médaille du Mérite national. Mais les très beaux postes et la Légion d'honneur ne sont plus pour lui. Au fond, peu lui chaut : il aime son travail, qu'il accomplit scrupuleusement, loyal envers les gardes des Sceaux successifs, exigeant mais aimable avec ses subordonnés et le petit personnel du palais, jusqu'au concierge qu'il salue par son prénom.

La mort violente d'un enfant dans un bourg tranquille va braquer tous les projecteurs sur le parquet dont il est le chef. Ceux des médias locaux. Ceux du ministère, dont il connaît les sournoiseries. Ceux, plus menaçants, de l'Élysée, dont l'actuel locataire a fait de la protection des victimes et de la sécurité des Français sa priorité. Ceux de la presse nationale, aussi, qui l'inquiète presque autant, habitué qu'il est à traiter, en toute décontraction, avec deux ou trois journalistes du cru. L'ultime échelon qu'il franchira avant de faire valoir ses droits à la retraite dépendra de sa manière de gérer ce dossier.

Arrivé au palais de justice, Dupuy gravit à grandes enjambées l'escalier qui mène à son bureau. Sur l'ordinateur qu'il vient d'allumer, il commence à rédiger un courriel synthétique que son procureur général découvrira dès son arrivée à la cour d'appel, distante d'une centaine de kilomètres. Il a la gorge sèche, et nouée. Il sort de son bureau et, seul dans un couloir désert, boit deux gobelets d'eau glacée tirés d'une fontaine électrique hors d'âge. Qui a bien pu commettre un crime aussi épouvantable ? Pourquoi cet enfant ? Le magistrat passe en revue, mentalement, les annales judiciaires. Il pense à l'affaire Grégory, au tueur en série Francis Heaulme, à un pédophile en cavale. Il est impatient de connaître la réaction de son supérieur et se décide, au bout de quelques minutes, à lui téléphoner. Si le procureur général ne lit pas ses courriels assez tôt, il pourrait prendre ombrage d'être informé du crime par la radio, car en dépit des consignes de silence données par Jacques Dupuy, la presse saura toujours trop tôt qu'un drame est arrivé dans la ruelle.

Jacques Dupuy n'a appelé qu'une seule fois Maurice Gendron sur son portable, peu après sa prise de poste. Le motif ne justifiait pas vraiment cette fébrilité – il l'avait compris au ton de son interlocuteur. Il tremble donc un peu à l'idée de réveiller son chef à près de 4 heures du matin, mais les dés en sont jetés : il a déjà composé son numéro.

Prophétie

Étienne aime Sylvia d'un amour dévorant. Elle est pour lui bien plus qu'une compagne : l'alpha et l'oméga. Il l'a compris au premier regard.

Il avait poussé la porte du café sur un coup de tête ou, plutôt, à sa grande surprise, il n'avait pu empêcher sa main de le faire. Étienne était alors très jeune, à peine plus de 18 ans. Il ne fumait pas, buvait peu, ne lisait pas les journaux, ne manifestait aucun penchant pour les jeux de hasard et n'avait pas beaucoup d'amis. Il serait plus juste de dire qu'il n'en avait aucun. On le rejetait, mais on ne le maltraitait pas. Chacun dans son monde, voilà tout.

Tout de suite, il avait apprécié l'atmosphère du bistrot. Un des clients, collègue de son père et qui le connaissait depuis l'enfance, l'avait salué par son prénom : « Tiens, Étienne, qu'est-ce que tu fabriques ici ? » Ils s'étaient serré la main, puis l'homme avait expliqué à ses copains, parlant bas : « C'est le fils de ce pauvre Raymond. » Les autres avaient hoché la tête. Le père d'Étienne était mort quelques années auparavant, emporté par un cancer du cerveau. D'un naturel posé, Raymond avait commencé à tenir des propos bizarres. Son comportement était devenu erratique. À la fin, il se disait possédé par le diable et hurlait d'effroyables jurons. Étienne, qui avait passé le plus clair de son temps à son chevet, s'était acharné à trouver un sens à son délire.

Il avait déjà vécu douloureusement le départ de sa mère du foyer familial. Petit, il était tout le temps fourré dans ses jupes. La première fois qu'il l'avait quittée, pour entrer au cours préparatoire, il avait 6 ans. Ses deux sœurs l'appelaient « le chouchou ». C'était le seul garçon de la fratrie. Ses parents lui avaient donné trois prénoms : Étienne, parce qu'ils trouvaient ça joli – ils ignoraient qu'Étienne signifie « le couronné ». Elvis, parce qu'ils étaient fans du « King » et fiers de donner à leur garçon un prénom de roi. Raymond, parce que dans la famille du père, ce prénom se transmettait de génération en génération.

Après la séparation de ses parents – sa mère avait retrouvé son premier amour et tout plaqué pour lui –, Étienne avait été confronté aux premiers symptômes de la maladie de son père.

Il ne faisait plus rien au collège, où il n'avait jamais brillé. Chahuteur, bavard, les études le rebutaient. Il était nul en orthographe, tenait la grammaire en horreur, n'avait jamais trouvé la moindre logique à la concordance des temps. Les mathématiques l'intéressaient un peu plus, mais pas dans le sens qu'auraient souhaité ses professeurs, qui le tenaient pour un benêt : Étienne n'apprenait rien, ni théorèmes ni axiomes. Il se laissait bercer par les combinaisons de chiffres, comme un tout petit enfant par des comptines. Il n'avait jamais vraiment essayé de résoudre une équation : le mystère de la question le fascinait, pas son éventuelle résolution. L'élève faisait, en revanche, le bonheur de ses professeurs de dessin. Son sujet de prédilection : un robot de l'espace, héros d'une série japonaise animée. Il le crayonnait sous toutes les coutures, dans toutes les situations possibles, et y avait gagné un surnom auprès de ses condisciples : « Goldorak ».

Ce qu'il préférait, c'était la piscine. Il y était dans son élément. Immergé, il se sentait fort. Les sons du dehors lui parvenaient déformés dans le bassin carrelé et l'apaisaient. L'eau chlorée rendait le monde plus fluide. Étienne nageait bien, mais refusait de participer à des courses : il n'avait aucun esprit de compétition.

Le café dans lequel le destin l'avait précipité était paisible, étrangement silencieux à l'heure de l'apéritif. En entendant un tintement de verres, Étienne pensa au son de la clochette qui, dans les églises, les jours de messe, intime aux fidèles l'ordre de baisser les yeux. Il aimait bien ça, la messe, quand il était petit. Le cérémonial, les prières qu'on pouvait interpréter un peu comme on voulait, les cierges allumés, le chant aigrelet de l'harmonium. Quel que soit l'endroit de la nef où il s'asseyait, le Christ, du haut de sa croix, posait les yeux sur lui. Mais à 15 ou 16 ans, il avait cessé de fréquenter l'église. Cette religion lui paraissait soudain trop étroite et Jésus regardait trop de monde : Étienne aurait voulu Dieu pour lui tout seul.

Dans un coin du café, une femme était assise, à contre-jour. Il ne distinguait que le reflet de ses cheveux, une sorte d'aura cuivrée. En face d'elle, ses fortes épaules offertes à la salle, un homme l'écoutait. Il avait gardé sa casquette, ce qui n'était pas très poli, pensa Étienne. L'homme se tournait souvent vers le bar, échangeant des coups d'œil entendus avec l'ami du père d'Étienne et ses copains. On riait sous cape. La femme semblait ne pas s'en rendre compte.

Elle tirait les cartes pour prédire l'avenir. Étienne n'entendait pas ce qu'elle annonçait au client goguenard. Quand celui-ci eut bruyamment libéré sa chaise, laissant sur la table un billet froissé, il ne put s'empêcher de s'asseoir à son tour devant l'oracle, comme si une force invisible l'y poussait.

La femme ne lui dit pas un mot – elle parlait peu quand il y avait du monde autour d'elle, il s'en rendrait compte par la suite. Elle lui demanda de battre les cartes et, d'un signe du menton, de couper le jeu. Elle se mit aussitôt à aligner les figures et les nombres selon un rituel implacable. Après avoir longuement étudié une combinaison au centre de laquelle se détachait un valet rouge, elle redressa la tête et dévisagea Étienne. La beauté de cette femme le sidéra. Dans son regard d'une intensité peu commune, il discerna la bienveillance magnétique d'une souveraine. Elle murmura, le tutoyant d'emblée : « Toi, tu es né pour être roi. » Cette phrase le bouleversa. Il n'était pas entré dans le bistrot depuis plus de cinq minutes que déjà, Sylvia lui prédisait un destin.

En ce temps-là, Étienne ressemblait à Al Pacino, époque *Un après-midi de chien*, en plus grand et plus costaud. C'était un garçon nerveux, rétif, aux épais cheveux noirs. Son regard inquiet était affecté, côté droit, d'un léger strabisme divergent. Il avait arrêté le collège après une classe de troisième catastrophique et appris des rudiments de pâtisserie, domaine qui ne l'intéressait pas plus que la grammaire, sans pour autant trouver d'emploi stable ni tirer profit des quelques stages qu'il avait réussi à décrocher. Les filles ? Il plaisait à certaines. Son regard insaisissable les intriguait. Son tumulte intérieur, aussi, qu'elles interprétaient comme le signe d'un tempérament fougueux et romantique. Mais la plupart le fuyaient. Pour ne rien arranger, il était d'une timidité embarrassante. Une ou deux camarades du collège, puis des apprenties pâtissières, s'étaient mis en tête de flirter avec lui : ne sachant quelle attitude adopter, il avait aussitôt pris la tangente. Sylvia était la première femme, en dehors de sa mère, à qui il avait eu envie de plaire.

Sa voix avait résonné d'une manière singulière quand elle lui avait parlé : elle ne pouvait pas se tromper. Elle avait percé son secret : un destin l'attendait, qui allait faire de lui un homme. Sylvia l'avait simultanément découvert et reconnu.

La séance de divination fut brève. Elle lui proposa de tout abandonner et de partir avec elle. Il accepta sur-le-champ. Aucun ressort sentimental conscient dans ce pacte. Étienne ne savait rien des femmes et sa sensualité était rudimentaire. Ils sortirent du café sans saluer les clients. Alors qu'ils passaient devant l'église, il prononça cette phrase : « Tu es la majesté de l'univers. » Elle lui sourit, attendrie par cet adolescent et son serment d'allégeance inconditionnelle.

Sylvia avait dix ans de plus qu'Étienne mais faisait moins que son âge. Elle avait connu quelques hommes. Elle se méfiait de tous. Elle avait remarqué, tout à l'heure, les regards en coin de cet imbécile qui n'avait pas pris la peine d'ôter sa casquette devant elle, l'avait tutoyée – « Si tu me dis comment devenir riche, je t'épouse » –, et lui avait jeté les cinq euros de la consultation. Sylvia vivait mal d'être traitée comme une bohémienne ou une farfelue.

Avec Étienne, c'était différent. Elle avait eu l'intuition, avant même de retourner le valet rouge, que cet homme-là la considérerait. Elle ne s'était pas arrêtée à sa gaucherie : elle avait lu l'innocence dans son regard insaisissable, et bien d'autres choses à travers les cartes étalées. Étienne la croirait aveuglément, quoi qu'elle dise.

Il l'avait conduite chez sa mère, où il vivait depuis la mort de Raymond. Ils avaient parcouru des rues vides, passant devant des boutiques désuètes, pour la plupart fermées. Ils avaient vu un chat se glisser sous une voiture et s'étaient dit qu'ils aimeraient bien en avoir un à eux.

Jacqueline était seule, à cette heure de la journée. Elle faisait des mots fléchés sur la table de sa cuisine. Les yeux brillants, son fils lui avait présenté Sylvia. Les deux femmes s'étaient mises à discuter. Jacqueline, qui ignorait que ces deux-là ne se connaissaient pas encore la veille, trouvait l'inconnue étrange, mais pas désagréable. Il émanait d'elle quelque chose d'intrigant, de poétique. Sa réalité revêtait une dimension vaguement fantastique, elle donnait l'impression de voir loin, de comprendre l'invisible. Et elle avait un projet en ce sens : ouvrir un cabinet de voyance. Étienne l'aiderait à recevoir la clientèle, elle l'initierait au métier. Du moment que son fils se changeait les idées, quittait cette petite ville étriquée et oubliait l'agonie cauchemardesque de son père, Jacqueline était d'accord. Les dernières années avaient été éprouvantes. Elle se faisait beaucoup de soucis pour Étienne, qui avait raté ses études et son apprentissage. La seule chose qu'il réussissait, c'était ses dessins de Goldorak, pas de quoi gagner sa vie.

Adolescent, son fils s'enfermait dans la salle de bains, allumait des bougies autour de la baignoire qu'il remplissait d'eau brûlante avant de s'y glisser. Il voulait se purifier, disait-il. Mais il ne fermait pas les robinets. Combien de fois avait-il inondé la maison ? Jacqueline montait avec une serpillière et épongeait le sol, dans une vapeur de hammam, en se disant que cela finirait bien par passer. Elle espérait qu'il ne se droguait pas.

Le jour où Étienne lui présenta Sylvia, elle fut soulagée. Les deux jeunes gens semblaient aimantés par une force irrésistible. Rien ne saurait s'opposer à leur plan, bien qu'ils l'aient échafaudé en quelques minutes. Mais cela, elle ne pouvait pas le deviner. À l'âge d'Étienne, Jacqueline avait laissé passer sa chance, elle s'en serait voulu de l'empêcher de suivre Sylvia – même si, à aucun moment, son fils et sa nouvelle amie n'évoquèrent devant elle une passion amoureuse.

Tandis qu'Étienne préparait son paquetage, Jacqueline avait proposé un café à son invitée. Elle avait sorti deux tasses et un sucrier, qu'elle avait posés sur ses mots fléchés. « Je ne voudrais pas être indiscrète, mais vous voyagez comme ça depuis longtemps ? »

Sylvia n'aimait pas aborder son passé. Elle avait consenti à en raconter des bribes à Jacqueline. Elle avait été brièvement mariée : cette union ne lui avait apporté aucune satisfaction et elle y avait mis fin en prenant conscience de ses dons de médium. « Mon époux refusait d'y croire, vous comprenez » – Jacqueline entrevit un éclair de fureur dans son regard. Libre, elle avait décidé d'en faire profession. Au début, pour gagner un peu mieux sa vie, elle s'était jointe à une troupe de danseuses et se produisait à moitié nue dans des boîtes minables. Comme elle refusait de se prostituer pour compléter ses cachets dérisoires, elle avait plaqué cette existence au bout de quelques mois. Cheminant seule, ce qui lui avait valu de belles frayeurs, elle gagnait désormais de quoi vivre en tirant les cartes ici ou là. La Providence avait guidé ses pas jusqu'à Étienne. « Je savais que j'allais faire une rencontre déterminante dans ce département », conclut-elle. Cette « rencontre déterminante », c'était lui.

Vint le moment des adieux. Sylvia prit congé sans même proposer à Jacqueline de lui révéler son destin : elle était soudain pressée de s'en aller. Étienne faillit oublier le couteau pliant de son père, rangé dans un tiroir de la cuisine. Il étreignit sa mère plus furtivement qu'elle ne l'aurait souhaité ; elle lui glissa quelques billets de banque au creux de la main. Ils partirent. Rien ni personne ne les retenait. Ils mirent, d'un commun accord, le cap au nord.

Jacqueline n'aura plus aucune nouvelle de son fils pendant vingt ans. Elle remuera ciel et terre pour le retrouver. De rares coups de téléphone la rempliront d'espoir, mais Étienne raccrochera dès qu'elle lui demandera de rentrer au bercail. Elle en voudra à Sylvia, qu'elle soupçonnera de vouloir garder son garçon pour elle seule. Elle s'inquiétera beaucoup. Quand elle reverra Étienne, l'inquiétude cédera le pas à l'effroi.

Cause nationale

Il est près de 4 heures du matin quand le procureur général Gendron décroche, la voix pâteuse. Au bout du fil, le procureur Dupuy lui fait un rapport succinct : un enfant, Antonin, 11 ans, retrouvé lacéré en pleine rue, village tranquille, parents dévastés, meurtre probable, note de synthèse envoyée par mail, mes respects, monsieur le procureur général.

En pyjama, Maurice Gendron chausse ses lunettes, allume sa lampe de bureau et son ordinateur. Il se connecte à ses courriels, lit celui de Jacques Dupuy, le copie, l'enrichit de quelques considérations de son cru sur les crimes visant les enfants et leur retentissement auprès de l'opinion publique, remplace la brève formule de politesse par une autre, nettement plus protocolaire, se relit attentivement et envoie le tout à la Direction des affaires criminelles et des grâces. Gendron est bien placé pour savoir qu'un permanencier réceptionnera le courriel sous peu : il a lui-même été, il y a de cela bien longtemps, l'une des petites mains de la « DACG », cette branche méconnue du ministère de la Justice qui en est pourtant l'un des maillons essentiels, à la fois tour de contrôle de l'activité judiciaire et usine à fabriquer des textes de loi.

Silhouette massive, yeux bleus perçants, voix grave. Contrairement à beaucoup de ses pairs, Maurice Gendron jouit d'un charisme puissant. Son ascension professionnelle a été méthodique. Il a su éviter tous les obstacles, poser la bonne candidature au bon moment, fréquenter les bons réseaux, faire allégeance à un mentor influent. Parvenu à une situation flatteuse, il a l'intention de terminer sa carrière dans une affectation de premier plan, avec les honneurs qui vont avec.

À la lecture du courriel de Jacques Dupuy, la mésaventure d'un camarade de promotion lui revient en mémoire : il s'était fait saquer pour avoir tardé à informer sa hiérarchie d'une prétendue affaire de mœurs mettant en cause un notable. L'affaire était bidon, mais le magistrat avait été sanctionné tout de même. Gendron a perdu de vue cet ancien condisciple, muté dans un « placard ». Hors de question qu'il subisse le même sort. Il sait exactement ce qui va se passer quand Paris apprendra la mort violente d'Antonin : une réaction en chaîne qui va secouer le gouvernement, sans doute l'Élysée. La pression du ministère de la Justice sera ensuite constante. La chance de Gendron : se trouver entre le terrain et le pouvoir. Si tout se passe bien, il en tirera bénéfice pour la suite de sa carrière. Sinon, il fera un fusible de première classe.

Il éteint son ordinateur, sa lampe de bureau, et retourne se coucher.

Au petit matin, à la Direction des affaires criminelles et des grâces, la permanencière de service pose son premier café de la journée à côté de son clavier et consulte sa boîte mail. Une dizaine de messages l'attendent. Elle repère la signature d'un procureur général, ouvre ce courriel en priorité, le lit rapidement et en accuse réception. L'obséquiosité du texte l'agace. La permanencière rédige une note « très urgente » à l'intention de son directeur, qui arrive rarement à son bureau après 8 heures. Elle y annexe le texte du procureur général en pièce jointe.

Il est 7 h 50 quand Paul Fréval prend connaissance de l'ensemble. Le directeur de la DACG est l'un des magistrats les plus remarquables de sa génération. Fin juriste, doté d'une intelligence rapide et d'une autorité naturelle incontestable, Paul Fréval tient la barre sans pouvoir être pris en défaut. Mince, chauve, il ressemble au comédien américain Robert Duvall, l'ambivalent Tom Hagen du *Parrain*. Jamais de « boulette », une discrétion de bon aloi, une efficacité hors du commun, un humour caustique dont il n'abuse pas. Les gardes des Sceaux se succèdent ; lui reste. Dans son bureau trône un énorme coffre-fort qu'il n'ouvre que quand il est seul. Il abrite les dossiers relatifs aux procédures les plus sensibles, celles qui mettent en cause des personnalités du show-business ou de la politique. Comptes rendus de soirées libertines, enquêtes en cours sur des délits financiers complexes, affaires aux ramifications internationales… ce coffre-fort attise la convoitise et les fantasmes de ceux qui en connaissent l'existence.

Ses rivaux surnomment Fréval « le Bossu », pour moquer la souplesse de son échine vis-à-vis des pouvoirs en place. Paul Fréval le sait, mais n'en a cure. Il est trop malin pour perdre du temps à s'indigner des ragots. Il fait partie de l'élite discrète de sa corporation, celle qui ne quitte l'ombre que pour être nommée aux plus hautes fonctions à la faveur d'un jeu de chaises musicales. Finalement, son sobriquet lui va bien. Non pour sa vassalité supposée, mais parce que l'habileté ne lui a jamais fait défaut et que la chance lui a toujours souri.

La presse n'a pas eu le temps de faire ses gros titres sur le crime, mais cela ne saurait tarder. Depuis la dernière élection présidentielle, « la sécurité des Françaises et des Français » constitue la priorité du gouvernement. Le chef de l'État ne manque pas une occasion de rappeler à quel point la souffrance des victimes lui est insupportable, reçoit régulièrement à l'Élysée des parents endeuillés, instaure une pression considérable sur les ministres concernés, Intérieur et Justice.

Fréval craint le pire. Il décroche son téléphone, compose le numéro de la ligne directe de Jean-Claude Leblanc, directeur de cabinet de la garde des Sceaux, et lui expose rapidement la situation. Le directeur de cabinet prend note. D'un sang-froid à toute épreuve, réputé pour son absence totale de modestie et son cynisme, il a le physique de l'emploi : lisse et glacial. Leblanc pose peu de questions. Au fur et à mesure de la conversation, il réfléchit à la traduction politique et administrative des événements. Il sait, par avance, que la ministre voudra gérer le politique, et qu'il devra s'occuper personnellement de tout le reste. Cette répartition des tâches lui convient : à 59 ans, Leblanc n'a aucune vocation à se lancer dans la vie publique. Ce petit monde arrogant et malveillant ne lui plaît pas. Après son expérience dans les coulisses du pouvoir, il regagnera son corps d'origine, le Conseil d'État, ses couloirs feutrés, ses complots en vase clos.

Il se rend dans le bureau de la ministre dès que celle-ci est annoncée place Vendôme. Diplômée d'une école de commerce, elle ne connaissait pas grand-chose à la justice quand le nouveau président de la République, dont elle est une fidèle de la première heure, l'a bombardée à la tête de la Chancellerie. Un tel poste ne se refuse pas.

Ce matin-là, elle arrive peu après 8 h 45, autant dire, selon son horloge biologique, aux aurores. Elle a revêtu une tenue extrêmement élégante, chaussé des escarpins vertigineux et choisi des bijoux assortis à son tailleur d'un vert profond. Elle reçoit dans deux heures son homologue lituanien, à qui elle n'a rien à dire, et cette perspective l'irrite au plus haut point. La revue de presse préparée à son intention, parcourue dans sa voiture, a achevé de l'exaspérer : il n'est question d'elle dans aucun des journaux qui comptent. Quand son directeur de cabinet passe la tête dans le sas qui sépare leurs deux bureaux, au rez-de-chaussée du ministère, côté jardin, elle lui lance un regard noir. Tout le monde redoute ses sautes d'humeur, ses appels téléphoniques nocturnes et les noms d'oiseaux dont elle n'est pas avare. Lui, elle l'épargne autant que possible. Il sait mieux qu'elle comment fonctionne la machine administrative. En quelques mois d'exercice, elle n'a pas encore saisi toutes les subtilités de la maison, n'en manifeste pas une envie débordante et se moque de froisser les susceptibilités des fonctionnaires placés sous son autorité. Cette cuisine l'assomme : elle n'aime que la politique. Pour elle, la justice n'est ni une vertu ni une administration, seulement un instrument de pouvoir. Elle adore commander. Si elle n'avait pas eu la Chancellerie, elle aurait dirigé un autre ministère de la même façon.

Jean-Claude Leblanc entre dans l'immense bureau de sa patronne. Elle boit un thé, debout devant la porte-fenêtre qui donne sur la pelouse impeccable, et ne se retourne pas en reconnaissant sa démarche souple.

« Bonjour, madame la ministre. Un drame s'est produit cette nuit, un enfant a été assassiné. »

La garde des Sceaux pose sa tasse sur un guéridon, choisit au hasard l'un des fauteuils XVIIIe tapissés de scènes tirées des *Fables de La Fontaine* qui meublent la pièce et s'assied sur « Le Paon se plaignant à Junon » :

« Je vous écoute, Leblanc. »

Le directeur de cabinet résume ce qu'il a appris de Paul Fréval. En fine politicienne, la ministre sent l'urgence de mettre au point une communication adaptée, afin de nourrir la presse que ce meurtre d'enfant va mettre en appétit. Elle sait que son collègue de l'Intérieur, qu'elle déteste – elle l'appelle « le CRS » en petit comité –, plus matinal, est peut-être déjà en train de tenter de tirer la couverture à lui. Pas question de se laisser déposséder. Le crime, par chance, n'a été découvert qu'après que le journal local eut bouclé l'édition actuellement en kiosque. Le chef de la rubrique faits divers arrive seulement à la rédaction. Dans quelques minutes, il dépêchera un reporter et un photographe sur place, pendant qu'un autre journaliste téléphonera à la gendarmerie et au parquet. Les radios sont déjà sur le coup. Les autorités locales ont, certes, donné l'ordre à leurs troupes de rester vagues, mais il sera impossible de cacher longtemps l'origine criminelle de la mort d'Antonin – l'« attente des résultats de l'autopsie » ne trompera personne. L'expérience de Leblanc lui permet d'évaluer le temps qu'il leur reste avant que l'affaire ne déchire la torpeur estivale : deux petites heures.

La garde des Sceaux le congédie et téléphone au président de la République sur son portable. Le chef de l'État interrompt d'un geste la réunion sur le budget qui se tient dans son bureau. « OK. Dès qu'on est certain que c'est un crime, tu y vas. » Il raccroche sans attendre de réponse. Avant de reprendre la réunion là où elle s'était interrompue, il demande à son directeur de cabinet de se mettre en relation avec Leblanc pour suivre le dossier, et de contacter son homologue de l'Intérieur pour éviter que la gestion des événements ne parte dans tous les sens.

Responsable de la communication au ministère de la Justice, Samuel Guesclin n'est jamais loin de sa patronne. Quoique très jeune, il en est néanmoins à son deuxième poste : il est passé de l'Agriculture à la Justice. Il a peu d'idées. Il écoute donc beaucoup ce qui se dit dans les réunions, en observant à la dérobée les mimiques de sa patronne, puis formule une suggestion adaptée aux réactions de la ministre, qui le trouve épatant. Samuel Guesclin compense son peu d'expérience par un aplomb qui lui vaut la détestation unanime de tous les membres du cabinet. Ils ne supportent pas sa jeunesse, sa coupe de cheveux, sa désinvolture à leur égard et, surtout, le fait qu'il soit souvent mieux informé qu'eux.

Pendant ce temps, les communicants de l'Élysée reçoivent l'ordre d'activer leurs correspondants habituels de la Justice et de l'Intérieur. Il faut élaborer dès à présent des éléments de langage. Chaque membre du gouvernement disposera bientôt de phrases types à dégainer, au cas où.

L'enquête est lancée. Le capitaine Marny informe la substitute Peri, qui rend compte d'heure en heure au procureur Dupuy. Le procureur envoie des notes au procureur général, qui fait remonter les informations fraîches à la Direction des affaires criminelles. Paul Fréval suit l'affaire personnellement et répercute au cabinet du ministre ce qui en vaut la peine. Leblanc résume oralement l'essentiel à la garde des Sceaux, qui n'aime pas perdre son temps à lire des notes. La Chancellerie transmet des synthèses à l'Élysée. Le président trépigne.

L'autopsie confirme le meurtre. Les photographies du corps sans vie sur la table de dissection sont insoutenables. Antonin a reçu quarante-deux coups de couteau.

Trois radios donnent la nouvelle exactement à la même heure. Chacune se prévaut de l'exclusivité, tout comme les chaînes d'information en continu qui la reprennent. La ministre décide d'aller sur place dès le lendemain. Évidemment, son homologue de l'Intérieur en fait autant, encouragé par l'Élysée. Il faudra partager la vedette.

Sur la route

Ils avaient quitté la mère d'Étienne le cœur léger. Une voiture les avait fait progresser d'une grosse centaine de kilomètres. Étienne, qui n'avait jamais pratiqué l'auto-stop, s'était révélé assez fin stratège pour choisir le meilleur emplacement d'où guetter les voitures. « Occupe-toi de ça, s'il te plaît » fut la première instruction de Sylvia. Elle avait pressenti en lui ce talent particulier.

Ils s'étaient installés à l'écart de la route pour déjeuner. Étienne avait sorti son couteau de sa poche, tiré d'un sac les provisions données par sa mère. Un pique-nique très simple. De toute façon ils se seraient régalés d'un rien. Il faisait chaud. Sylvia s'était mis en tête d'initier sans plus tarder son compagnon de route aux mystères de l'univers. Il buvait ses paroles. Quand elle lui dispensa sa première leçon, ses yeux brillaient d'une lueur captivante. Elle irradiait. Lui fut pris d'une émotion si forte que la tête lui tourna. Cette femme l'emplissait de sens. Il avait enfin conscience d'exister.

Par elle, pour elle, avec elle.

Il devenait puissant.

À quoi songeait cette déesse? Sylvia avait acquis la conviction d'exercer un pouvoir sur Étienne et s'en étonnait presque. Pour la première fois, un être humain l'écoutait sans ricaner. C'était visible, c'était fou. Étienne la croyait. Il acceptait sans ciller tous ces nouveaux concepts dont elle l'abreuvait. Cette cosmologie complexe dont, seule, elle maîtrisait les lois. Ces personnages inquiétants dont elle lui révélait l'existence, et qui avaient nom Belbar ou Anacimsabre. Ces magiciens dont il n'avait pas peur, lui jura-t-il, parce qu'il pressentait que, bientôt, il entrerait aussi en communication avec eux.

Ils étaient assis face à face, dans l'herbe, et n'avaient qu'à se pencher pour s'embrasser. Sylvia se surprit à ne pas détester ce baiser. Là, sur l'herbe, ils firent l'amour pour la première fois. L'image d'un manuel d'Histoire surgit de la mémoire d'Étienne : un homme, vêtu d'un lourd manteau d'hermine, tenant un sceptre de la main droite, la tête ceinte de lauriers, que l'on coiffait d'une couronne en or. Il pensa que Sylvia, le faisant roi, était devenue sa reine. Elle songea que, décidément, ce qu'elle prédisait finissait toujours par se produire.

Après cette première fois, ils furent convaincus que rien ne pourrait les séparer, qu'ils ne pourraient jamais faire demi-tour. Ils se rajustèrent, bouclèrent leurs sacs et reprirent, main dans la main, un chemin qui les conduirait aussi loin qu'il était possible d'aller. Étienne avait hérité un peu d'argent de son père. Sylvia disposait de quelques économies. Ils avaient de quoi vivre, cela leur suffisait. Ils étaient jeunes, relativement soignés dans leur mise, pour des routards. Ils formaient, dans leur genre, un joli couple, du moins un couple sympathique. Lui, avec cet air ravi de découvrir la vie ; elle, mince et blonde, portant sur le monde ce regard vaguement évaporé qui plaisait aux conducteurs et n'effrayait pas les conductrices. Ils n'avaient pas encore de chat avec eux et il était rare qu'Étienne ait à tendre le pouce plus d'une demi-heure. Longtemps, ils montèrent tous les deux à l'arrière. Quand la voiture qui s'arrêtait était petite, la promesse d'une banquette étroite qui les contraindrait à se tenir l'un contre l'autre les enchantait. Plus tard, Étienne prendra l'habitude de s'installer à l'avant. Plus exactement, Sylvia souhaitera qu'il en soit ainsi.

Les personnes qu'ils croisaient se montraient, pour la plupart, bienveillantes. Sylvia et Étienne évitaient d'évoquer devant elles la dimension spirituelle de leur périple, mais il ne pouvait échapper à quiconque que ces deux-là ne marchaient pas seulement pour le plaisir de l'exercice et la beauté des paysages. Si on les invitait à parler d'eux et de leur itinéraire, ils ne faisaient pas mystère du caractère singulier de ce qu'ils appelaient leur « mission divine ». Leur quête, précisaient-ils, s'inscrivait dans une dimension supranationale. Ils avaient des relations étroites avec l'Australie, où résidait le père d'Étienne, industriel et philanthrope de premier plan. Tout routards qu'ils étaient, ils disposaient d'un « important réseau politique et financier » qui garantissait « la prise en charge matérielle de la mission ». Ces paroles confuses glissaient sur leurs interlocuteurs, qui ne les relançaient jamais. Ce n'est pourtant pas tous les jours qu'on rencontre, au bord d'une route départementale, un couple « en mission divine » proche du pouvoir en place et lié à des puissances étrangères, disposant de réserves de cash inépuisables. Et pourtant... Les gens sont peu curieux, ou pas assez attentifs. On répliquait aux révélations d'Étienne par des « ah oui ? », des « ben dis donc ! », des « paraît que c'est immense, l'Australie ». Et l'on passait vite à autre chose – « ce n'est qu'à une quinzaine de kilomètres, on y sera dans un quart d'heure ». La transcendance n'est pas donnée à tout le monde, se disait Sylvia. Les deux pèlerins ne prenaient pas ombrage de cette indifférence. La remarquaient-ils seulement ? Ils avaient une œuvre à accomplir. Nul besoin de l'adhésion de quiconque.

Ils se heurtaient rarement à une franche hostilité : on les transportait, on les logeait, on les aidait à se nourrir, sans rien demander en échange. Seuls des enfants, parfois, leur lançaient des quolibets.

« Les fous, les fous ! » Ils agaçaient prodigieusement Étienne, en dépit de son naturel pacifique. Il les aurait volontiers punis, pour leur apprendre ce qu'il en coûtait de manquer ainsi de respect à sa compagne. Un jour, dans un bourg des Deux-Sèvres, sa main se crispa sur le couteau plié, au fond de sa poche, quand un garnement, mis au défi d'aller narguer les routards, traita Sylvia de « cinglée ». L'enfant fila se réfugier sous des platanes. Étienne lâcha le canif et renonça à le courser.

Les moqueries laissaient Sylvia indifférente. Elle aimait bien les enfants et savait pertinemment qu'elle n'était pas folle.

Quand ils ne faisaient pas de l'auto-stop, ils marchaient. La force de leurs pieds faisait tourner la Terre et, quand ils changeaient de direction, son axe de rotation se modifiait. Le monde leur appartenait et ils se donnaient au monde dans une sorte de communion à double sens. Sylvia l'avait révélé à Étienne peu de temps après leur départ : « L'humanité est en proie à des puissances maléfiques, qui empêchent le destin de s'accomplir convenablement. Toi et moi, nous avons été choisis pour remettre les choses dans le bon sens. »

La boucle qu'Étienne n'en finissait pas de boucler avec Sylvia le rassurait. Il goûtait cette vie de mouvement, de liberté, de rencontres brèves avec des inconnus, de méditation permanente, cet entêtement des saisons. Tout prenait sens. L'air salé des bords de mer, la minéralité des paysages montagneux, la poussière des plaines, l'énigme miroitante des lacs, la géométrie des vignes étaient en harmonie avec les enseignements de Sylvia. Ils traversaient la France de part en part, sans jamais repasser par les mêmes points. Étienne, cartes en main, y veillait.

La nature lui parlait. Il savourait autant la clarté que l'obscurité, l'été que l'hiver. Les cartes routières – toujours à petite échelle – le fascinaient. Il pouvait contempler à l'infini ces entrelacs de routes pareils aux veines d'un grand corps qu'il finirait par appréhender dans son entier. Les noms des localités stimulaient son imagination, le faisaient parfois sourire. Bouzeron, Laguiole, Crozon, Najac, Rully, Boeschepe, Collioure, Kaysersberg… Les villes, les lieux-dits formaient un grand rébus qu'il déchiffrait en marchant. La toponymie était la seule poésie qui parlât directement à son esprit. À part les cartes, il ne lisait rien, sinon les panneaux plantés au bord des routes. L'itinéraire était en soi un message.

Lorsqu'ils arrivaient dans une localité choisie par Étienne, un manège immuable se mettait en place. Ils frappaient à la porte de la mairie ou, de préférence, à celle du curé. Quand il n'y avait plus de curé attitré, ce qui arrivait souvent, on les orientait vers la personne qui gardait les clés de l'église et de ses dépendances. Étienne et Sylvia firent ainsi le tour de France des salles des fêtes et des locaux paroissiaux. Une fois installés et seuls, ils se livraient à un rituel que Sylvia avait codifié. Des bougies allumées par Étienne étaient disposées à même le sol. Puis Sylvia procédait à des aspersions à l'aide d'un gobelet rempli d'eau. Elle psalmodiait des formules ésotériques, parfois inspirées de la liturgie catholique. Étienne se tenait à côté d'elle. Une fois le cérémonial terminé, il récupérait le gobelet, le rinçait et sortait les provisions.

Ils étaient soigneux et restituaient les clés sans avoir rien endommagé. Des traces de cire fondue ou des moignons de bougie signaient leur passage. On oubliait aussitôt ces singuliers voyageurs.

Un certain soir de janvier, les voilà dans un petit village de Saône-et-Loire. L'hiver bourguignon est féroce cette année-là, de ceux qui pétrifient les ruisseaux, les mares, même la vigne. La terre est dure comme du béton, le gel fait mal à la tête. Un loup aurait abdiqué devant un froid pareil. Le nom du village a plu à Étienne, c'est aussi celui d'une localité normande où réside l'une de ses tantes, qu'il aime beaucoup. Il y a vu un signe positif, confirmé par l'accueil qui leur a été réservé. Le maire en personne leur a ouvert pour la nuit l'annexe de la salle polyvalente. Gabriel Diconne est réélu depuis des années. C'est un homme bon, sobre, travailleur et honnête, petit de taille mais doté d'une force herculéenne. Il vit au rythme de la nature, reconnaît les oiseaux à leur chant, cultive un potager tiré au cordeau. Partout, on l'appelle « Gaby ». Son fils tient le garage, sa fille, un salon de coiffure, sa femme, leur maison. Face au couple frigorifié, il n'hésite pas une seconde, conduit Étienne et Sylvia au local muni de radiateurs électriques, qu'il met à leur disposition le temps qu'ils se réchauffent. Et même aussi longtemps qu'ils le voudront, car en cette saison la vie festive de la commune tourne au ralenti. Gaby s'en va et réapparaît une demi-heure plus tard avec des couvertures épaisses et des vivres en abondance. Les deux jeunes ont allumé des bougies un peu partout. « Faites attention à ne pas me mettre le feu, hein », lance-t-il en prenant congé. Avant de refermer la porte derrière lui, il annonce qu'il reviendra le lendemain matin, vers 9 heures, avec des boissons chaudes.

Il est ponctuel. Étienne et Sylvia ont droit au meilleur petit déjeuner qu'ils ont dégusté depuis belle lurette. Du pain, du beurre, des confitures maison, du café, ils sont d'attaque pour poursuivre leur route – « non, non, merci, nous ne pouvons pas rester une nuit de plus, on nous attend plus au sud », tranche Sylvia, sentant que son compagnon aurait bien prolongé la halte. Ils sortent de la pièce après que Gaby a coupé le courant au compteur. Sur le pas de la porte, Étienne s'équipe. Il remonte la fermeture Éclair de sa parka, enfile une paire d'épais gants de laine. Il saisit son lourd sac vert et entreprend de l'ajuster sur ses épaules, d'un mouvement sec.

Déséquilibré, il glisse sur une flaque verglacée. Dans un vol plané spectaculaire, Étienne s'étale lourdement sur le sol en poussant un grand cri. Gabriel Diconne le remet debout sans effort, en dépit de son poids – Étienne pèse à cette époque entre soixante-dix et quatre-vingts kilos. Le jeune homme grimace. Il souffre visiblement le martyre. « Je vous emmène chez le médecin », décrète le maire.

Le docteur Labrique exerce dans la grande maison où il habite, près du bureau de poste. C'est un colosse, mains énormes, ventre monumental, voix de stentor. Ses lunettes à monture métallique sont équipées de verres épais comme des culs de bouteille, ses cheveux coupés ras. Il collectionne les armes et les uniformes, il y en a partout chez lui, jusque dans la salle d'attente où des mannequins en tenue de hussard ou de dragon d'Empire montent la garde. Étienne s'est « cassé la gueule tout seul, il est pas bien causant », explique Gaby. Assise devant un poilu de la Grande Guerre équipé d'un masque à gaz, Sylvia est plus mutique que jamais.

Le docteur passe une blouse blanche, usée par des années de pratique. Étienne n'a pas souvent fréquenté de médecin. Il se méfie de celui-ci, qui le tutoie d'autorité et le bombarde de questions : « Comment que tu t'es fait ça, mon gars ? Allez, montre-moi donc, enlève voir ton tricot. Comme ça, vous faites la route avec ta copine ? Vous devez pas être à la fête, par ce temps. Et vous allez où ? »

Labrique poursuit son examen. Il cherche la fracture ou l'entorse avec la virtuosité du braconnier qui sait dans quel trou dénicher des écrevisses. Il ne se formalise pas du mutisme de ce curieux patient : à la campagne, on est habitué aux taiseux. Étienne regarde l'homme massif aller et venir autour de lui, poser son stéthoscope sur sa poitrine, prendre sa tension, lui attraper un bras puis l'autre, les soulever tour à tour comme un marionnettiste manipulerait un pantin. Souffre-t-il ici ? Là ? Il répond « non » à chaque fois, même quand les gigantesques paluches du médecin lui font très mal. Labrique parle tout le temps. Étienne se demande ce qu'il essaye de savoir, au juste. Il est terrorisé par la perspective de se faire déposséder de lui-même. Au bout d'une dizaine de minutes, lui assénant sur l'épaule une claque à assommer un bœuf, le docteur annonce à son patient qu'il est « verni » car qu'il n'a rien du tout. Il refuse d'être payé. Étienne remet sa chemise, son gilet en laine polaire, sa parka doublée, salue Labrique, serre la main du maire, qui souhaite bonne route au couple. Il repart avec Sylvia et deux côtes cassées.

Il a très mal pendant des jours et des jours, sans rien dire à sa compagne. Son sac à dos le torture du matin au soir. En voiture, les cahots le mettent au supplice. Ses nuits sont épouvantables. Mais jamais Étienne ne se plaint.

Trois semaines plus tard, la douleur a pratiquement disparu. Ils débarquent dans une paroisse de Haute-Loire dont le curé leur prête un gourbi médiocrement chauffé, collé à l'église. C'est un samedi soir. Le froid et la marche les ont exténués. Ils installent rapidement les bougies, Sylvia prend le gobelet mais abrège le rite purificateur. Ils s'endorment sans demander leur reste.

Au matin, Étienne est, le premier, tiré du sommeil par les échos de la messe, célébrée dans l'église attenante. Il garde les yeux fermés, persuadé que cette cérémonie leur est spécialement destinée : *Le curé nous a reconnus*, pense-t-il, satisfait.

Les carnets de Sa Majesté

Sylvia avait pris très tôt conscience de sa singularité. Dès l'adolescence, elle se savait différente. Peu de copains. Pas d'affinités particulières pour tel ou tel type de musique. La mode ne l'intéressait pas, le sport non plus. Élève convenable, ni géniale ni nulle. Notes correctes. Sauf en français, où elle excellait. Surtout quand les devoirs faisaient appel à son imagination.

L'imagination de Sylvia était débordante. Luxuriante. Inépuisable.

Depuis l'âge de 15 ou 16 ans, elle inventait des systèmes, jonglait avec le Temps, l'Univers, l'Histoire. Elle connaissait des astres que nul observatoire n'avait découverts. Elle pouvait identifier les puissances maléfiques qui menaçaient la Terre. «Je suis une déesse cosmoplanétaire», confiera-t-elle à Étienne au tout début de leur périple.

Sylvia s'était toujours considérée comme supérieure aux autres et aurait aimé que son statut d'élue s'impose de lui-même. Difficile, cependant, pour la multitude d'admettre que cette jeune femme était d'essence divine, d'autant qu'elle n'accomplissait jamais de miracle devant témoins. «J'ai des pouvoirs que vous n'imaginez pas», glissait-elle, énigmatique. Elle semait des indices avec parcimonie, ouvrant doucement la voie à des digressions cosmiques. «Je rends la justice dans un vaisseau spatial. Hier, j'ai rencontré Bouddha.»

Ses récits étaient chargés d'allégories, de sous-entendus ésotériques, empreints d'une musicalité qui créait une atmosphère bizarre mais pas effrayante. «La marche des planètes est régie par une horloge dont je détiens la clé, professait-elle. Ma mission consiste à adoucir le destin.» On se moquait rarement d'elle de manière directe, mais elle devait bien l'admettre: personne ne la croyait. On la prenait au mieux pour une originale, au pire pour une semi-folle inoffensive. Aussi avait-elle mis au point une technique de repli assez habile. Son regard, jusque-là perdu dans le vague, se concentrait. « On y croit, ou on n'y croit pas », gloussait-elle. Puis elle passait à autre chose, revenait sur terre avec un sujet trivial. Ses interlocuteurs ne savaient jamais jusqu'à quel point elle plaisantait.

Et puis la Providence lui envoya Étienne.

Il gobait ce qu'elle inventait à la minute, ces fulgurances lexicales dont le sens venait après. Mieux : plus elle en rajoutait, plus il en redemandait. L'insatiable appétit d'apprendre d'Étienne devint un puissant moteur pour l'imagination de Sylvia, qui se mit à tourner à plein régime. Cette sensation la grisait. De la même manière que le nourrisson, en tétant sa mère, favorise la production de lait, Étienne stimulait la créativité de la jeune femme, qui fabriquait sans relâche des théories dont elle gavait l'esprit vide de son compagnon.

Au bout de quelques semaines, à sa demande, celui-ci ne l'appelait plus que « Majesté ».

Afin que rien ne se perde de son précieux enseignement, Sylvia le consignait dans des carnets qui ne la quittaient jamais. Durant leur périple, elle en acheta trois, d'épaisseurs et de formats différents. La couverture du premier était ornée d'une représentation de Titi, le canari espiègle du dessin animé; celle du deuxième était à l'effigie de Harry Potter; la couverture du troisième était libellée, de la main de Sylvia: «La bonne nouvelle». Elle y exposait comment elle entendait réorganiser le monde, gravant sa Genèse au stylo à bille bleu.

Le plus sacré des carnets était rédigé en grande partie dans une langue qu'elle avait inventée. Elle prétendait que c'était une forme de tibétain et ce n'est pas Étienne qui allait la contredire. Les autres écrits étaient en français, mais codés. Tous contenaient des tableaux, des schémas, des listes. Étienne essayait de temps en temps de les déchiffrer, mais il préférait les lectures commentées de Sylvia.

Sa Majesté expliqua, très peu de temps après qu'ils prirent la route: «Nous devons remettre en marche l'horloge du destin. Des malveillants l'ont détraquée.» La mission était, par nature, altruiste. «Il nous faudra passer des accords avec des puissances que je connais pour qu'un avenir positif revienne.»

À la tête de cet immense chantier : elle, en personne. « Moi, Sa Majesté Royale », écrivit-elle en haut à gauche de la première page du carnet Titi. Puis, elle lista une série de personnalités qui avaient un rôle à tenir : la reine d'Angleterre, ainsi que d'autres souverains moins connus mais pas négligeables, Ichta et Jungée. Figuraient aussi dans l'annuaire de Sylvia le nationaliste corse condamné pour l'assassinat d'un préfet, Yvan Colonna, le comédien et karatéka belge Jean-Claude Van Damme, des personnages de *La Guerre des étoiles*, Luke Skywalker et Dark Vador. Un certain abbé Julio et saint Cyprien étaient de puissants inspirateurs. Parmi les outils à sa disposition, « les boîtes à vœux, qui permettent d'empêcher l'ouverture de la valise aux préjudices ». Les prières, les bougies, l'eau étaient dévolues aux exorcismes quotidiens. « Quand nous aurons fini les circuits et les challenges, prophétisa-t-elle un soir, terminé les rencontres et les négociations, nous signerons les accords, et le destin sera réparé. »

Dans les carnets apparaissaient souvent trois entités aux pouvoirs maléfiques : Belbar, Balthazar et Anacimsabre, inquiétants Rois mages des Évangiles selon Sylvia. « Méfie-toi surtout de Belbar, répétait-elle à Étienne. C'est le plus méchant de tous. Il ne faut pas qu'il vole les boîtes à vœux. » Un prénom, posé au bas d'une liste sans autre mention particulière, lui était apparu dans un songe : Antonin.

Élément central de la théorie : la « boîte à vœux ». Ce n'était pas un objet, plutôt un principe d'analyse et de compréhension du monde dont chacun dispose en théorie, mais que très peu savent utiliser, par incompétence ou incrédulité. Dommage. La boîte à vœux, comme son corollaire, dénommé « gidamagic », est l'une des plus performantes sources d'énergie de l'univers.

Les rares références culturelles du secrétaire particulier de Sylvia, nommé un soir de solstice « général major supérieur de la légion française en boîtes à vœux » puis, au solstice suivant, « roi d'Australie », avaient intégré la matrice du système. À la vive satisfaction d'Étienne, Goldorak, San Ku Kaï et le Capitaine Flam furent enrôlés dans la mission. Plusieurs années plus tard, quand on lui demandera de s'expliquer sur cette imbrication entre fictions pour enfants et réalité, Étienne répondra, courroucé : « Tous les gens qui sont dans les films existent vraiment. Le monde du Jedi existe. »

Une page du carnet Harry Potter était intitulée « Retour en arrière ». Sylvia y révélait comment, face à un blocage insurmontable, il conviendrait de remonter le temps pour repartir d'un meilleur pied. « Retour en arrière »… Étienne était fasciné par ce concept. Il n'y comprenait rien, mais la sonorité vibrante du diagramme lu à haute voix par Sa Majesté l'enchantait, de même que les énergies ésotériques mesurables en milliers de milliards d'unités et l'annonce de « la victoire de la renaissance sur le chaos ». Le « retour en arrière », sorte de martingale universelle, ne devait être mis en œuvre qu'en cas de nécessité absolue. Qui d'autre qu'Étienne aurait pu croire Sylvia capable de faire, pour de vrai, remonter le temps à l'univers ? Elle n'en avait parlé qu'à lui.

L'aspirateur

Sur le rideau de fer de leur boutique, une feuille de papier : « Fermé pour cause de décès », en lettres capitales.

Ils n'ont pas cessé de pleurer depuis qu'on leur a annoncé la mort de leur enfant. Mme Perron a passé la nuit couchée par terre, à côté du lit d'Antonin. Son mari est resté assis dans le séjour, face à une photo de leur fils prise l'été précédent. La maison est un tombeau. L'idée que le corps de leur enfant sera autopsié est insupportable. Personne ne peut dire quand ils pourront enterrer Antonin. « Nous ferons au mieux », leur a promis le capitaine Marny, évoquant « les nécessités de l'enquête ».

Le préfet a annoncé au maire du village la venue

des ministres de la Justice et de l'Intérieur et l'a chargé de prévenir les parents d'Antonin. Ceux-ci voudraient qu'on les laisse en paix. Ils n'ont rien demandé à personne. Ils ne savent pas comment dire non. Ils n'ont pas voté pour le président de la République en exercice. Assiégés par la presse, ils apprennent à vivre volets fermés.

Le maire est embarrassé. Il n'a jamais eu à expliquer à des parents anéantis qu'une partie du gouvernement envahirait le lendemain leur salon. Il ne connaît pas particulièrement les Perron et la compassion n'est pas le registre de prédilection de ce courtier en assurances qui s'est fait élire sur des promesses de «dynamisme économique retrouvé» et de «réinvention du vivre-ensemble». Il n'a pas su dire non au préfet.

Bien que les parents d'Antonin aient allumé la lumière, la pièce reste sombre.

«Mais qu'est-ce qu'on va leur raconter? demande le père.

– Je suppose qu'ils vous poseront quelques questions générales, élude gentiment le maire – il n'a jamais vu un ministre de sa vie et n'a aucune idée de ce qui va se passer.

– On doit les appeler comment? interroge encore le père, qui se maudit de n'avoir pas l'énergie de s'opposer à la visite.

– Monsieur le ministre, madame la ministre, explique le maire – il a posé la même question au préfet lors de leur bref entretien téléphonique.

– Quand vont-ils nous rendre Antonin, qu'on puisse l'enterrer?» sanglote Mme Perron.

Le maire a la gorge nouée.

«J'ai attiré l'attention de M. le préfet à ce sujet. J'ai aussi téléphoné au procureur. Ils ont été très attentifs, soyez-en assurée, mais les nécessités de l'enquête...»

Il accepte une tasse de café, celui de la veille, réchauffé au micro-ondes. Assis face aux parents d'Antonin, il ne peut quitter des yeux la photo de leur enfant et sent la honte le submerger: il pense à son propre fils, et se sait incapable de trouver les mots qui apaiseraient les Perron.

Une demi-heure s'est écoulée.

«Tout va bien se passer, demain, rassure le maire. Si vous avez besoin de quoi que ce soit, appelez-moi sur mon portable, quelle que soit l'heure.»

Il dépose une carte de visite professionnelle sur la toile cirée et se lève.

« Ça ne durera pas longtemps. Soyez forts. »

Les parents d'Antonin verrouillent la porte du pavillon. Sans dire un mot, la mère du petit garçon assassiné sort son aspirateur d'un placard et entreprend de faire un peu de ménage pour recevoir convenablement les ministres.

Année zéro

Il faut raccourcir les étapes, marcher moins, se reposer davantage. Deux ans qu'ils voyagent, peut-être trois. Les traits de Sa Majesté sont tirés, mais elle jure à Étienne que tout va bien, que c'est seulement « un petit coup de barre ». Il s'inquiète. Il veut la croire. Elle n'avance plus.

À cette époque, leur sexualité est exubérante et ils ne prennent aucune précaution. La perspective de devenir parents ne les effraie pas. En réalité, ils n'y pensent pas. Étienne a tout le temps envie de Sylvia parce qu'il a vingt ans, qu'il la trouve belle, qu'il est amoureux de sa personne tout entière et que l'amour physique est une autre manière de lui prouver sa dévotion. Sylvia aime plaire à Étienne, elle considère comme naturel qu'il la désire et le plaisir physique n'est pas contradictoire avec ses activités spirituelles.

Au bout de deux mois, elle a la certitude qu'elle est enceinte. Elle révèle son état à Étienne un soir, alors qu'ils parcourent les Ardennes. Ils ont traversé d'interminables forêts et des localités désolées. Arrivés dans une ancienne ville de garnison, près de Sedan, ils décident de poser leurs sacs, renonçant à la dernière étape initialement prévue pour la journée. La cité est déserte, la plupart des commerces ont baissé leur rideau de fer. Il fait gris. Tout semble mort. La femme aux lèvres minces qui les conduit au local paroissial est peu aimable. Emmitouflée dans une doudoune rose trop petite pour elle, elle les regarde si bizarrement qu'Étienne pense un instant qu'elle va se transformer en démon et, machinalement, il s'assure que son couteau est bien au fond de sa poche. À peine les a-t-elle quittés qu'ils purifient la pièce et disposent les bougies selon le nouveau plan tracé par Sylvia dans le carnet « Harry Potter ». Elle expédie les formules rituelles et s'allonge sur un tapis de sol. Il rince le gobelet et s'assied en tailleur devant elle.

Étienne est ébahi d'apprendre que Sa Majesté est enceinte de lui. Il suggère qu'il serait utile de voir un médecin. Sylvia marque un mouvement de recul. Hors de question de consulter qui que ce soit, c'est incompatible avec la mission, décrète-t-elle. Des étrangers « n'ont pas à mettre le nez » dans leurs affaires privées, ils se débrouilleront très bien seuls. Si quiconque s'immisce dans le processus, cela risque d'attirer l'attention de Belbar, « et on se fera voler le nouveau-né ». En énonçant ses instructions, son visage exténué reprend des couleurs, ses gestes redeviennent énergiques. Elle explique longuement à son compagnon en quoi consiste la pureté, en particulier pour eux deux, qui ne sont « pas n'importe qui ». L'idée qu'il puisse, grâce à Sylvia, devenir le père d'un être à part, un élu investi dès le berceau d'une responsabilité, universelle et porteur d'espérance pour l'humanité, revigore Étienne. Il fait le serment de ne jamais contacter un médecin sans l'autorisation de Sa Majesté. Aucun des deux n'envisage la possibilité d'un avortement.

La grossesse représente une complication non négligeable pour la mission. Le ventre de Sylvia s'arrondit à vue d'œil et elle n'aura bientôt plus la vigueur nécessaire pour continuer leur périple. Il faut lui trouver de nouveaux vêtements. Même ceux qu'Étienne propose de lui prêter sont trop étroits pour elle.

Les gens qu'ils croisent se montrent prévenants. Quand une voiture s'arrête, il n'est pas rare qu'on insiste pour que Sylvia s'assoie à l'avant : il lui arrive d'accepter. Dans les villages, on leur donne davantage de nourriture. Plus d'une fois, on leur fournit un matelas plus confortable que leurs tapis de camping.

Ils ne savent pas comment on met un enfant au monde. À mesure qu'approche le terme, Étienne et Sylvia se résignent à ce que l'accouchement ait lieu dans un hôpital, mais retardent le plus possible le moment de se rapprocher des services sociaux. Alors qu'il ne reste plus que quelques semaines avant l'arrivée du bébé, une association d'aide aux sans-abri leur déniche en urgence un hébergement provisoire. On leur dépêche une sage-femme. Edmée Cadot est une professionnelle aguerrie. Quinquagénaire énergique, menue mais dotée d'une autorité naturelle,

elle est rompue aux situations de grande détresse, à la misère brute. Elle pensait avoir tout vu. Sa visite à Sylvia ne ressemble à aucune autre.

Étienne lui ouvre la porte. Son air soucieux le vieillit et accentue son strabisme. Après avoir bredouillé une vague formule de bienvenue, il conduit la visiteuse auprès de sa compagne. Sylvia, énorme, livide, est allongée sur un canapé sale et déglingué. Des bougies l'encerclent, d'autres balisent le chemin menant jusqu'à elle. Il y a sur le sol des traces d'eau qu'Edmée Cadot ne s'explique pas. La pièce est très insuffisamment chauffée, alors que l'automne est déjà bien avancé. La sage-femme, qui se félicite que ces deux-là ne paraissent ni alcooliques ni toxicomanes, demande à Étienne de sortir pour la laisser procéder aux examens cliniques. Il s'exécute de mauvaise grâce, après avoir sollicité, d'un regard, l'approbation de Sylvia. Edmée Cadot ne décèle rien d'anormal. Elle prie l'homme de revenir et entreprend de discuter avec le couple. Ce qu'elle entend l'affole : les futurs parents sont « surveillés en permanence par des hélicoptères » et des « créatures maléfiques » contrarient le déroulement de leur « mission divine ». L'une d'elles rôde autour de leur logement en ce moment même, c'est pour cela qu'il a fallu « utiliser plus d'eau que d'habitude pour purifier » le deux-pièces. Étienne brandit son couteau déplié : la sage-femme le trouve gigantesque. Sur l'enfant qui va bientôt venir, et dont ils ignorent le sexe faute d'échographie, leur discours est insaisissable. Tantôt ils se disent prêts à l'accueillir, tantôt ils affirment que sa présence est incompatible avec leur fonction d'« exorcistes itinérants ». Au bout d'un moment, ils déclarent qu'il ne peut pas être le leur, mais celui du diable ou d'un certain Belbar.

Edmée Cadot craint qu'ils ne tuent leur bébé à la naissance.

À la direction des services sociaux, tout le monde s'accorde sur leur incapacité à élever un enfant. Sylvia accouche début décembre d'une petite fille à qui, de manière classique, on donne trois prénoms, choisis dans les Ardennes six mois auparavant : Rose, Judith, Leia. Le personnel de la maternité éprouve de grandes difficultés à faire renoncer la mère aux rites purificateurs quotidiens.

Après la naissance, le responsable des services

sociaux persuade Étienne et Sylvia de déclarer le nouveau-né sous X, afin de permettre son adoption par un couple au mode de vie plus conventionnel. Étienne et Sylvia ne protestent pas. On les aide à remplir les papiers. Sylvia fait précéder son nom de « Sa Majesté » au moment de signer. Le directeur leur propose un suivi psychologique. Étienne et Sylvia font mine de réfléchir. Ils quittent la maternité comme ils y sont arrivés : à deux. Les jours suivants sont très tristes. Ils se débarrassent de la layette qu'ils ont achetée. Ils ne parlent pas de la petite fille qu'ils ont brièvement tenue dans leurs bras, mais son image les hante. Elle ne les quittera jamais.

Quand ils reprennent leur chemin, trois semaines plus tard, quelque chose s'est brisé en profondeur. Étienne « rêve comme tout le monde d'avoir des enfants, de fonder une famille, de vivre dans une belle maison » – à partir de cet instant, dès que l'occasion s'en présente pendant leurs trajets en autostop, il répète sans cesse la formule, toujours dans le même ordre. Il pressent que ce ne sera probablement jamais le cas. Il n'admet pas que le destin, manipulé par des puissances hostiles, en ait décidé ainsi pour Sa Majesté et lui.

Ils oublient vite qu'ils ont fait de leur fille une pupille de l'État. Ils acquièrent la certitude que Rose leur a été enlevée.

Le vol de leur bébé est pour eux comme une remise à zéro forcée du compteur de la destinée. L'enthousiasme pour la mission divine s'est évanoui. Leurs marches interminables ne les galvanisent plus. Belbar et consorts ont magouillé une sorte de « retour en arrière » à leur détriment. L'exaltation des débuts laisse place à la résignation. C'est à partir de cette année zéro que Sylvia ne monte plus qu'à l'arrière des voitures et insiste pour que son secrétaire prenne place à l'avant. Leurs étreintes s'espacent. Sylvia ne tombera plus enceinte. Puisqu'il faut sauver le monde, ils le sauveront. Mais à quel prix ?

Visite ministérielle

L'annonce de la venue des deux personnalités met le bourg en émoi. Dès l'aube, la gendarmerie établit un périmètre autour des lieux du crime et du pavillon des Perron. Il a fallu la veille faire venir en urgence des barrières métalliques de la préfecture, et acheter des rouleaux de Rubalise dans un magasin de bricolage. Très tôt dans la matinée, les badauds commencent à affluer, alors que l'arrivée du cortège officiel est prévue pour 16 h 30. Les médias débarquent en masse, journalistes de presse écrite, photographes, reporters de radio et cars régie des télévisions. Beaucoup d'envoyés spéciaux font le pied de grue dans le café le plus proche. Quelques-uns tuent le temps en visitant l'église romane.

Le maire a revêtu son meilleur costume et sorti son écharpe tricolore.

Les parents d'Antonin n'ont pas dormi depuis le crime. Au chagrin s'ajoute le stress de cette journée qu'on leur impose. Ils ont emprunté à un voisin un service à thé plus présentable que le leur, et demandé à un autre d'aller, pour eux, acheter un assortiment de biscuits à la boulangerie-pâtisserie. La patronne a insisté pour les offrir.

Le voyage officiel aurait pu être commode à organiser : deux petites heures de TGV, puis limousine, motards et gyrophares. Mais les ministres, par principe, préfèrent l'hélicoptère. Sur ce point, tous les communicants sont d'accord. Aux yeux de ces professionnels de l'image, une arrivée aérienne accentue le côté solennel de la situation. On ne prend pas le train pour aller consoler des victimes : on vole vers elles.

Après caviardage en règle de l'Élysée, les services de presse des ministères de la Justice et de l'Intérieur ont pondu un communiqué commun à l'intention des rédactions. Les journalistes accrédités sont priés de respecter la dignité de ce déplacement, mais « une fenêtre » est prévue pour qu'ils puissent recueillir le sentiment des ministres, après leur visite aux parents endeuillés.

Tout se déroule comme prévu. Le préfet en uniforme vient accueillir, à l'aérodrome qui se situe à une douzaine de kilomètres du bourg, le ministre de l'Intérieur et la garde des Sceaux, sobrement élégante en tailleur-pantalon noir et escarpins vernis. Comme la seconde arrive avant le premier dans le rang protocolaire, elle est saluée d'abord, ce qui la fait jubiler. Le préfet prend place à l'avant de la limousine, les ministres se partagent la banquette. Les collaborateurs se tassent dans un véhicule plus petit. Deux motards de la gendarmerie ouvrent la voie. Pendant le bref trajet, le haut fonctionnaire explique aux personnalités le dispositif qui les attend et attire leur attention sur l'extrême fragilité des parents d'Antonin. Le cortège fait une entrée remarquée dans le bourg. L'automobile ministérielle s'arrête sur les lieux du crime. Les ministres descendent, l'air grave, en prenant soin de se tourner vers le carré réservé aux caméras de télévision. Le général commandant la région de gendarmerie et le procureur général Gendron, qui se trouvent là pour la première fois, expliquent le déroulement de « la nuit tragique » grâce aux notes fournies par leurs subordonnés ; le procureur Dupuy ne prononce pas un mot et opine gravement, légèrement en retrait. Le capitaine Marny a obtenu la permission de rester à la brigade pour piloter les recherches, en liaison téléphonique avec la substitute Peri.

Le bitume irrégulier de la venelle a été lavé à grande eau. L'officier au képi étoilé et le haut magistrat pointent de l'index les endroits précis où la bicyclette et le corps d'Antonin ont été retrouvés. De loin, les caméras filment les ministres qui, mécaniquement, se penchent. Hors champ, Samuel Guesclin et son alter ego de l'Intérieur prennent des notes dans des petits carnets.

Le cortège marche ensuite jusqu'au domicile des Perron, à quelques dizaines de mètres. Les ministres entrent l'un après l'autre, accompagnés de leurs conseillers en communication, du maire et du préfet. Pendant que son collègue de l'Intérieur multiplie les formules de condoléances et les promesses de résolution rapide de l'affaire, la garde des Sceaux scrute la décoration modeste de la maison. Les meubles bon marché, les rideaux à motifs champêtres, les coussins brodés de cœurs multicolores, les bibelots bien rangés le long des étagères, tout lui rappelle la petite maison de ses parents, dans le Loiret. Eux aussi étaient des gens modestes. Elle s'était juré, en les quittant pour son école de commerce, que jamais elle n'habiterait un pavillon comme celui-ci. À son tour, elle échange quelques banalités avec les parents d'Antonin, qui proposent un thé dont nul n'a envie. Samuel Guesclin est le seul à grignoter quelques biscuits. Les Perron demandent aux ministres quand ils pourront récupérer le corps de leur fils. « Nous allons donner des instructions pour que vous puissiez l'enterrer au plus vite », leur répond-on.

Les officiels ressortent vingt minutes plus tard, entourés du père et de la mère. Les micros se tendent vers les ministres. Toute la France les entend promettre que le coupable sera arrêté, et jurer qu'un procès exemplaire aura lieu. Ils répondent à une poignée de questions grâce aux éléments de langage préparés par leurs collaborateurs – l'improvisation ne leur a pas toujours porté bonheur. Puis, ils serrent longuement la main de M. et Mme Perron, qui s'est remise à sangloter. La garde des Sceaux réalise l'exploit de rester dans l'axe des caméras, si bien qu'elle donne l'impression de présenter ses condoléances à la France entière. Le contraste est saisissant, entre cette femme impeccablement coiffée et maquillée, et la mère d'Antonin, traits bouffis de chagrin, cheveux mal retenus par un élastique noir, vêtements sombres et fatigués. Prise d'une intuition, la ministre s'autorise à embrasser Mme Perron qui ne s'attendait pas à une pareille accolade et manque de lui donner un coup de tête. Les flashes crépitent de plus belle.

On a fait avancer les voitures jusque devant la grille du pavillon. Suivies de leurs collaborateurs, les personnalités repartent à vive allure vers l'hélicoptère à cocarde en promettant, une fois encore, que le coupable sera appréhendé, jugé et lourdement condamné. La visite aura duré quatre-vingt-dix minutes environ, tout compris. Le soir même, à 20 heures, sur un plateau de télévision, la garde des Sceaux réitère cet engagement solennel. Elle espère, jusque tard dans la nuit, un SMS du président de la République. « Tu as été parfaite », lui écrit-il à 0 h 06. Elle marque le message pour ne pas l'effacer accidentellement et sourit en s'endormant. Elle ignore qu'à 0 h 03 le président a écrit exactement la même chose au ministre de l'Intérieur, invité sur une autre chaîne.

Retour en arrière

Ils mesurent le temps à compter du moment où on leur a enlevé leur enfant. Cet épisode scandaleux, dont ils ne parlent jamais, constitue leur année zéro, la pierre triste sur laquelle ils ont bâti leur mission. Dix-sept années de pérégrinations à partir du moment où leur petite fille leur a été volée. Une longue descente vers le néant. Ils continuent à marcher à la recherche d'un Graal chimérique : la remise en marche du destin de l'humanité.

Étienne discerne de plus en plus, dans la voix de Sylvia, un mélange d'exaspération, d'aigreur, de lassitude et, pire encore, de mépris. Il en est désormais certain : Sa Majesté envisage de ne plus poursuivre la mission avec lui. Il va se faire virer.

La veille de la dernière dispute, l'attelage tient encore à peu près. Ils traversent un département semi-montagneux, en direction du sud. La chaleur de juillet est accablante. Ils transpirent beaucoup. Étienne entend distinctement le son de ses pieds frappant le bitume, les pas de Sa Majesté font écho aux siens, ils sont une petite armée à eux deux, invincible quoi qu'il advienne. Ils passent la nuit dans un village dont le maire leur a prêté sans réticence un appentis près de la salle des fêtes. Étienne lui a promis que son père richissime, qui vit en Australie, ferait un don important à la commune. Les deux randonneurs ont présenté spontanément leur passeport à l'élu qui, par réflexe, les a photocopiés au cas où. La soirée est calme. Les rites de purification sont pratiqués avec ferveur, dans leur intégralité.

Le lendemain, en début de soirée, survient l'incident qui va tout déclencher. Alors qu'ils errent au centre d'un bourg sans charme, Étienne et Sylvia tombent vers 19 heures sur une patrouille de gendarmes. Contrôle de routine. Les militaires trouvent les deux oiseaux un peu bizarres. Ils leur demandent ce qui les amène dans la région. «Je suis la déesse des esprits», répond la femme. Son compagnon leur parle confusément d'une «mission» et d'«accords internationaux». Il hausse le ton quand il comprend que les gendarmes consultent le fichier des personnes recherchées. Ces originaux sont inconnus des services de police et on ne va pas non plus passer la soirée avec deux timbrés inoffensifs, il est donc décidé de laisser repartir le couple – et son chat en laisse, qu'un stagiaire a passé le temps du contrôle à caresser. Étienne parvient à se contenir mais vit fort mal cet épisode. Les képis ont manqué de respect à Sa Majesté. Ils ont osé interrompre sa marche et exiger ses papiers. Intolérable. Le roi d'Australie peste en marchant pendant de longues minutes, sourd aux paroles apaisantes de Sylvia, qui rêve encore d'une soirée tranquille.

Sylvia est maintenant assise par terre, dans un local paroissial crasseux qui pue le moisi. Étienne l'observe en silence. De vieux meubles sont entassés dans un coin, à côté d'une armoire à pharmacie dont le miroir est fêlé. Un carton contenant une dizaine de crucifix en plastique s'y reflète. Les volets, fermés depuis des lustres, ne s'ouvrent plus. De toute façon le couple préfère la pénombre et, par cette chaleur, sa relative fraîcheur.

Ils sont arrivés à 21 heures dans ce village qui ne leur plaît pas. Restés en carafe au bord de la départementale après l'épisode des gendarmes, ils ont fini par frapper à la porte d'une ferme isolée. Un homme leur a obligeamment ouvert. Croyant avoir affaire à des touristes égarés, il accepte alors de sortir sa voiture et d'embarquer le couple, lourdement chargé, alors qu'il s'apprêtait à dîner. Sylvia reste muette durant tout le trajet. Le contrôle l'a mortifiée et les jérémiades de son compagnon ont achevé de l'exaspérer. L'état de rage dans lequel il s'est mis l'effraie. L'agriculteur les dépose à l'endroit demandé, refusant de pousser plus loin comme Étienne le suggère sous le coup d'une illumination.

Le couple croise un habitant qui lui indique l'adresse de la dame âgée dépositaire des clés de la cure. En ce début de soirée, elle regarde la télévision. Il ne fait pas encore nuit. Elle ouvre sa porte sans méfiance. Sa compagne et lui viennent de loin, ils restaurent des monastères, argumente Étienne. La femme suggère d'aller plutôt trouver le maire, mais ils préfèrent se reposer et méditer dans des locaux ecclésiastiques, étant donné la nature de leur mission. La vieille dame adore les chats. Elle garnit un panier de pain, de lait, de fromage et d'un morceau de saucisson ; elle s'empare aussi de deux gros arrosoirs qu'elle tend à Étienne. « Pour faire un brin de toilette, dit-elle. L'eau est dans la cour. » Une fois les pèlerins installés, elle retourne à son émission.

Étienne et Sylvia disposent et allument les bougies. Ils n'ont pas commencé le rite de purification quand Sa Majesté, soudain, s'emporte. Ni l'un ni l'autre ne se souviendront du motif précis de la dispute. « Mon pauvre Étienne, tu ne seras jamais un vrai roi... » Sylvia a le regard mauvais. Ses mots font sortir Étienne de ses gonds. Il serre le couteau dans sa main, se ravise, attrape une chaise en plastique et la lance en direction de Sa Majesté, sans l'atteindre. Il a l'impression qu'elle se moque de lui. En réalité, elle est terrorisée.

Étienne n'a pas encore 40 ans mais il fait davantage. Sa peau est tannée par le soleil, mordue par le gel, ravinée par les longues marches. Il scrute, comme s'ils appartenaient à quelqu'un d'autre, ses bras tendus devant lui. Le réseau des veines lui rappelle les cartes routières mais il n'y lit aucun nom de ville. Le miroir fêlé de l'armoire à pharmacie renvoie l'image mal raccordée d'un type boudiné dans des vêtements usés, dont les deux yeux ne regardent pas dans la même direction. Étienne a beaucoup grossi malgré l'exercice physique qu'impose la mission. Il ne ressemble plus du tout à Al Pacino. La mission l'a transformé, au-dedans comme au-dehors.

Un mécanisme se met douloureusement en branle dans la tête du roi d'Australie. L'image des gendarmes penchés sur les passeports lui revient. Leur suspicion. Leurs regards entendus. Il reçoit, à contretemps, une gifle monumentale.

Sylvia, remarque-t-il, interloqué, se tait et parle en même temps, sans qu'il saisisse le sens de ses paroles. Elle a forci, elle aussi. Et vieilli. Elle approche de la cinquantaine. Ce n'est plus la jolie blonde qui tirait les cartes et dont il s'était instantanément épris. Sa Majesté a le teint terne et le regard morne. Sa poitrine s'affaisse sur son ventre mou, ses cuisses sont épaisses, elle ne prend plus la peine de soigner la longue chevelure dont elle était naguère si fière.

Ils n'ont pas fait l'amour depuis des mois, des années peut-être. Elle n'en a plus envie, le contact du corps de son secrétaire ne lui manque pas, de toute façon il n'essaye plus de la toucher.

Elle le dégoûte. Ce dégoût l'effraie, car il est interdit au roi d'Australie de ne pas ressentir pour la déesse des esprits respect et vénération.

Belbar vient d'entrer dans la pièce. « *Sans Sa Majesté, il n'y a plus de légion française en boîtes à vœux,* souffle le démon à l'oreille d'Étienne. *Le système va se gripper. Tu vas perdre ton trône, tes pouvoirs. Elle trouvera probablement un autre secrétaire pour fixer les itinéraires mais, dans ce cas, qu'adviendra-t-il de toi, pauvre idiot ?* »

Étienne est envahi par une angoisse terrifiante. La grosse main de Belbar comprime ses poumons comme la serre d'un aigle broierait un lapereau. Son cœur devient énorme dans sa poitrine. Une boule enfle dans sa gorge. Ses mains tremblent, ses jambes cèdent sous son poids.

Il est une baignoire dont Belbar, avec la complicité de Sa Majesté, vient d'arracher la bonde. Il se vide et répand sa propre substance dans la pièce.

Les bougies rituelles flottent sur sa personne liquéfiée, petits navires lumineux en perdition sur une mer morte. Dans une sorte de flash, il se souvient de la piscine où il aimait nager à l'époque lointaine où il était un collégien solitaire. À présent, il est en train de se noyer dans le vide de sa propre identité. Il n'est plus roi d'Australie, plus secrétaire de quiconque, plus général major supérieur, il n'y a plus de mission divine, plus de légion, plus de boîtes à vœux, tout a foiré et ce n'est pas faute pour lui d'avoir mis du cœur à l'ouvrage, bordel de merde, et cette salope de Majesté qui ne dit toujours rien. La voix de Belbar, rejointe par instants par celle d'Anacimsabre, rebondit à l'intérieur de son crâne comme une pelote dure et hostile. Dans un coin du local apparaît le père d'Étienne. Raymond se met à hurler et à invoquer Satan, comme lors de leur dernier face-à-face. Et un magicien qu'Étienne ne connaissait pas pousse, sans frapper, la porte de la cure, se place devant lui, front contre front: «*On t'a fait une belle crasse!*», murmure-t-il.

Le général major supérieur en sursis suffoque. À ce train-là, il va bientôt se retrouver chez ses parents, dans une baignoire trop pleine entourée de bougies. Sa mère montera tambouriner à la porte de la salle de bains pour lui intimer d'ouvrir afin qu'elle puisse passer la serpillière, et il finira par obéir à cette femme qui n'est la majesté de rien du tout.

Belbar vocifère, Anacimsabre ricane, Raymond jure et insulte Étienne en l'appelant par son deuxième prénom : « *Elvis, petit king de merde !* » Étienne est tétanisé. Sa substance, plus abondante qu'il ne l'aurait cru, continue à se déverser à flots épais, mais le niveau ne monte pas dans la pièce qui, au contraire, se vide : il ne comprend pas ce mystère d'une abondance négative. Sylvia ressemble à un cadavre ou, plutôt, à l'une de ces innombrables représentations de la Vierge ornant les églises des villages qu'ils ont traversés : une femme livide, aux yeux éteints devant le corps de son fils immolé.

Étienne ne veut pas mourir. Belbar détient la solution : « *C'est le moment. Tu n'as pas le choix. Vas-y, fonce.* » Étienne sait comment s'y prendre, Sa Majesté le lui a expliqué au temps où la mission marchait comme sur des roulettes, elle a tout marqué dans l'un de ses cahiers, il se rappelle les schémas. Il suffit d'inverser le cours des choses.

« Le retour en arrière ! Je vais faire un retour en arrière ! crie-t-il.

– C'est ça… » répond Sa Majesté sur un ton neutre.

Elle ne tente pas de dissuader son secrétaire. Il peut bien faire ce qu'il veut, elle s'en fiche. Elle en a marre, de ce crétin. Il avale tout ce qu'elle raconte, sa docilité est devenue pesante, et le voilà qui enchaîne les colères violentes. Sylvia ne s'amuse plus. Vingt ans qu'elle le traîne sur les routes, vingt ans d'une mission qui n'aboutira jamais : les accords internationaux restent bloqués, à cause des manigances du président de la République française ils n'ont pas pu se procurer la carte de crédit qui leur revenait de droit, elle en a ras le bol de faire du stop, de bouffer n'importe quoi et de dormir dans des gourbis, elle va avoir 50 ans, elle a envie d'une maison.

Le général major supérieur de la légion française en boîtes à vœux interprète l'absence de contre-ordre comme une bénédiction. Il décide de sortir sur-le-champ pour orchestrer le retour en arrière. Il s'assure, par réflexe, que son couteau pliant est bien à sa place au fond de sa poche puis, laissant Étienne se vider devant Sa Majesté indifférente, le roi d'Australie sort en trombe du local paroissial, aiguillonné par la crainte de redevenir l'être insignifiant qui a rencontré une déesse il y a vingt ans.

L'enfant au vélo rouge

Étienne court dans la nuit. Il a quitté le village. Son sang lui bat les tempes, sa tête va éclater. Depuis qu'il a laissé derrière lui Sa Majesté, il ne voit plus rien, n'entend plus rien. Il court comme un dératé, comme un canard décapité, comme un fou aimanté par la lune. Les cailloux, au bord des talus, meurtrissent ses pieds chaussés de sandales. Vingt fois, il manque tomber. Il ne tombe pas.

Restée seule, Sylvia est perplexe. Elle a d'abord pensé qu'Étienne reviendrait aussi vite qu'il avait décampé, et que le moment serait venu de la mise au point définitive : elle allait lui annoncer leur rupture, car elle en a pris la décision, et il allait obéir, comme toujours.

Il ne revient pas.

Sylvia repense à la scène qui vient d'avoir lieu. Il ne se ressemblait plus, les yeux exorbités, la bave aux lèvres, alternant de brefs moments d'hébétude et de longues séquences de délire verbal accompagné de mouvements désordonnés. Parfois, il voyait dans la pièce des personnages qui lui parlaient et le terrorisaient. Ce n'est pas la première fois qu'il a un geste violent, mais cette fois elle s'est dit qu'il voulait réellement lui faire du mal. La tuer, peut-être.

Quand il a menacé d'accomplir un retour en arrière, elle ne l'en a pas cru capable. Ce concept lui avait bien plu quand elle l'avait formulé pour la première fois devant son secrétaire béat. Mais c'est une abstraction, une création de l'esprit. Dans l'une des exégèses livrées plusieurs semaines après le jaillissement brut de l'idée, elle avait expliqué que le retour en arrière impliquait la mort de quelqu'un. En y repensant, Sylvia frémit.

Elle ne veut de mal à personne. Elle évolue, depuis le début de la mission, dans le second degré de sa propre logorrhée, qui forme un édredon entre elle et les autres. Sylvia existe en marge de sa propre folie douce, celle-ci ne la dévore pas complètement. Pour Étienne, c'est différent. La fantasmagorie inventée par Sa Majesté est sa réalité. Elle conçoit, il expérimente. De chacun de ses mots, il fait un dogme. Il est le dévot d'une divinité qui ne croit pas complètement en elle-même. Pour cela, elle l'a aimé. Pour cela, elle le méprise.

Étienne accélère quand il aperçoit les premières lumières d'un bourg. Ils y sont passés la veille, mais il ne le reconnaît pas. Il franchit un petit boulevard circulaire et pénètre dans la localité endormie. La nuit d'été est tendre et belle, on y voit assez clair grâce à la lune et au modeste éclairage public. Ses pieds le torturent, il ruisselle d'une sueur âcre, son crâne creux crie. Il court sur les trottoirs, au milieu de la chaussée, le long des murs, ne s'arrête qu'à de brefs instants pour reprendre son souffle. Une caméra de surveillance capte sa silhouette furtive devant une agence bancaire. On discerne mal ses traits. Ce n'est pas qu'Étienne cherche à se dissimuler, bien au contraire : l'anonymat est le cadet de ses soucis. Il croise un couple de personnes âgées. La femme entrevoit son visage et, certaine que c'est celui d'un Cubain, s'en étonne auprès de son mari, qui trouve l'idée saugrenue.

Étienne ne sent plus la douloureuse chamade lui marteler la poitrine. Il n'entend plus le sifflement de ses poumons. Ses pieds ne le tourmentent plus. Sa tête est à présent complètement vide. Il courra jusqu'à ce qu'il trouve celui ou celle dont il a besoin pour réaliser son dessein. Il ne sait pas encore comment il abordera la personne choisie pour la convaincre, mais il est désormais certain que le processus ira à son terme. Par flashes, il revoit Sa Majesté dans le local paroissial. Il l'entend qui lui parle, elle répète toujours les quelques mots qu'il a interprétés comme formant un ordre: «C'est ça.» Belbar et Anacimsabre apparaissent. Pour une fois, ils sont bienveillants et l'encouragent.

Au centre du bourg, une fête bat son plein. Elle réunit les voisins d'une ruelle si étroite que deux voitures ne peuvent s'y croiser. Une de ces fêtes informelles où chacun apporte une bouteille, une tarte, une terrine, autour d'un barbecue abondamment garni. Les adultes bavardent en riant, les enfants profitent de l'occasion pour se bourrer de biscuits apéritifs, boire des jus de fruits jusqu'à plus soif, galoper partout : pour une fois, la nuit leur appartient.

L'un d'eux a sorti son vélo et pédale dans le jardin de ses parents, décrivant des cercles concentriques de plus en plus larges. Il se prénomme Antonin. Le voici à la hauteur du portail qu'on ne ferme jamais sauf quand on part en vacances, puis dans la venelle. Il la descend jusqu'à la placette où elle se termine, fait retentir sa sonnette, opère un demi-tour hardi, remonte à toute allure, passe devant le portail de sa maison, aperçoit sur sa gauche les braises rougeoyantes du barbecue, fonce jusqu'à la rue perpendiculaire d'où naît la ruelle, donne un coup de sonnette, repart dans l'autre sens, infatigable. Antonin a 11 ans, un vélo tout-terrain rouge à 15 vitesses, des jambes de feu. D'un naturel intrépide, il est toutefois obéissant et se plie à la consigne accompagnée d'une menace de confiscation de sa bicyclette : « Tu ne sors pas de la ruelle. »

Étienne court de plus belle. Il lui arrive de passer plusieurs fois au même endroit mais il ne s'en rend pas compte. Il n'a qu'un objectif : parachever le retour en arrière. De sa foulée confuse émerge la théorie qui doit à nouveau faire de lui un roi. Tuer quelqu'un. Le temps se recalera alors sur le moment d'avant la crise avec Sylvia. Ils reprendront leur mission. Tout ira bien.

Mais tuer qui ? Comment choisir le mort idéal ? Il rencontre peu de passants, ce qui lui complique la tâche. Tout à l'heure, un couple de personnes âgées a retenu son attention, mais le regard insistant de la femme l'a décontenancé. De toute façon, il n'a jamais été question de tuer deux personnes, on ne sait pas jusqu'où irait le retour en arrière si on tuait trop de monde. Il ne lui en faut qu'une, de personne. Quelqu'un qui sera non pas sa victime, mais son assistant.

Étienne arrive sur une placette de laquelle partent, face à lui, deux rues : celle sur laquelle il se trouve, qui se prolonge de l'autre côté du rond-point, et une autre, plus étroite. Il ralentit un peu la cadence, décide de prendre la ruelle. Alors qu'il s'apprête à bifurquer, il voit débouler un gamin sur un vélo rouge, qui fait demi-tour sous son nez en actionnant sa sonnette d'une manière agressive. Étienne pense au grelot de l'enfant de chœur, dans l'église où il aimait aller quand il avait l'âge du gosse à vélo. Instinctivement, il baisse les yeux et, quand il les relève, l'enfant a disparu. Étienne, finalement, opte pour l'autre chemin, et reprend sa course.

Antonin s'entraîne à parcourir sa venelle de plus en plus vite, en comptant les secondes dans sa tête. Il commence à ressentir la fatigue et se dit : *Encore trois tours et je rentre.*

Étienne court, tourne à droite, court encore, tourne encore à droite. Alors qu'il parvient à un croisement, l'enfant à vélo resurgit.

Cette fois, Étienne en est sûr, le coup de sonnette est un signal.

Il sort son couteau.

Sac-poubelle

Étienne est à genoux dans une ruelle sombre et étroite. Il tient un couteau dans sa main droite. Il voit du sang sur la lame, sur ses doigts, sur ses habits. Dans sa tête, le bourdonnement a bel et bien cessé. Il n'a plus mal ni au crâne, ni aux pieds, ni au ventre. Sa respiration est redevenue normale, ses poumons ne sifflent plus. Sa sueur s'est évaporée.

Belbar ne rôde plus autour de lui.

Il entend le vide familier de son crâne. Ce vide l'apaise.

Ça ne dure pas longtemps, un retour en arrière. Quelques secondes, vingt ou trente, guère plus, et c'est terminé.

L'enfant gît devant lui, recroquevillé. Il ne bouge

pas. Son vélo rouge est resté à l'endroit où il est tombé. Après la chute, Antonin s'est mis à courir mais Étienne l'a rattrapé en trois enjambées.

Il doit rentrer auprès de Sa Majesté pour l'informer de son succès. Il n'est pas judicieux de rester ici, près de l'enfant. Tout le monde n'est pas capable de comprendre ce qu'il vient d'accomplir. Lui-même a du mal à se l'expliquer. Il n'ignore pas que tuer une personne est défendu. Cependant, quand le retour en arrière est nécessaire, le crime devient légitime. Étienne cherche l'itinéraire de repli le plus rapide, mais il a beaucoup tourné en rond dans le bourg. En se raccrochant à des visions fugaces, il finit par retrouver la rue où il a croisé deux personnes âgées, repasse devant l'agence bancaire. Et retrouve la route qui va le ramener à son point de départ. Il n'a aucune idée de l'heure qu'il est.

Étienne avance d'un pas vif. Il longe une forêt qui se met à marcher à ses côtés, puis l'abandonne au moment où il arrive au village dont il était parti. Le trajet lui semble beaucoup plus court qu'à l'aller. Bien qu'il ait réussi en tous points le retour en arrière, il appréhende de retrouver Sa Majesté. La scène qui a provoqué son départ en pleine nuit l'a profondément remué. La réunion avec Belbar, Anacimsabre, son père et d'autres a été d'une brutalité inouïe.

Un ami des parents d'Antonin vient de trouver le corps du petit garçon. Il a quitté la fête pour aller chercher chez lui, à deux pas, une bouteille de crémant. Il bute d'abord sur le vélo, jure en se rétablissant, et voit l'enfant étendu. Sur le moment, il ne remarque pas les traces de sang. L'éclairage est insuffisant. Pensant à une mauvaise chute, il l'appelle par son prénom : « J'arrive, Antonin, je vais t'aider, mon grand. » Penché au-dessus de lui, il constate que le petit garçon est inerte, que ses yeux sont grands ouverts. Il comprend qu'il est mort. Il ne sait pas quoi faire. Ses jambes tremblent, il a froid. Il secoue un peu le corps de l'enfant, qui lui semble mou et lourd. Ses mains se couvrent de sang. « C'est pas vrai, c'est pas vrai », dit-il à voix haute. Il repart en courant vers la maison des Perron. Quelqu'un téléphone au 17. Mme Perron est prise de malaise. Les adultes forcent les autres enfants, alertés par leurs cris, à rentrer dans le pavillon.

Alors que l'agitation gagne le bourg, tandis que

les pompiers et les gendarmes commencent à s'activer et que les parents d'Antonin sont pris en charge par un médecin, Étienne pénètre dans un village silencieux. Il passe devant le cimetière, la mairie, un petit jardin public, des commerces fermés depuis des années. Pas un bruit, pas un mouvement, pas âme qui vive. Derrière les persiennes tirées, pas une lueur, pas même le reflet bleuté d'une télévision allumée. Étienne se faufile dans les rues assoupies jusqu'à ce qu'il reconnaisse la porte du local paroissial. Planté devant, il attend de longues minutes sans se décider. Le sang a séché sur ses vêtements : il est devenu presque noir, comme une croûte sombre. Étienne remarque qu'il s'est coupé à la main gauche. Il ne souffre pas mais la blessure est assez profonde.

Belbar choisit cet instant pour réapparaître. « *Tu as réussi, Sa Majesté va être fière de toi,* murmure-t-il. *Vas-y, entre, raconte-lui tout, n'aie pas peur. Tu es le roi d'Australie, le général major supérieur de la légion française en boîtes à vœux. La mission va continuer.* »

Étienne s'est toujours méfié de Belbar. Il lui a rarement donné de bons conseils. Il lui est même arrivé de commettre de vilaines choses en se faisant passer pour lui. Quand Étienne s'en plaignait à Sylvia, celle-ci prenait son air énigmatique et ne répondait pas. Il en a déduit qu'elle aussi, toute Majesté qu'elle soit, craint Belbar.

Il ne va pas passer le reste de la nuit debout devant la maison. Sa Majesté doit lui livrer ses consignes pour la suite, rien n'est plus pareil à présent que l'enfant est mort.

Maintenant, il faut rentrer. Étienne referme la porte derrière lui sans bruit, Sylvia a horreur des portes qui claquent. La pièce est restée fraîche, alors que l'air du soir est d'une tiédeur languide. Il remarque d'abord le chat qui dort enroulé sur un vieux coussin, à côté de la caisse aux crucifix. Sa Majesté est assise sur ce qui reste d'un fauteuil de jardin, entourée de bougies allumées et d'autres éteintes. Elle voit tout de suite qu'Étienne est couvert de sang, que sa main gauche est blessée, qu'il a l'air hagard, à la fois apaisé et inquiet.

« Où étais-tu ? demande-t-elle.

– J'ai fait le retour en arrière, tout va bien.

– Comment ça ?

– Le retour arrière, comme tu me l'avais expliqué, je t'ai dit que je partais le faire.

– Mais tu as fait quoi, précisément ?

– J'ai trouvé un enfant, là-bas, dans un village. Il a été d'accord pour faire le retour en arrière, il m'a fait un signe avec la sonnette.

– Un enfant ? Tu as fait du mal à un enfant ? Tu es fou ! »

Sylvia cède à la panique. Étienne vient probablement de commettre un meurtre, le meurtre d'un enfant par-dessus le marché. Elle adore les enfants. La police va se lancer à leurs trousses. Le connaissant, elle se doute que son compagnon n'a pris aucune précaution et qu'il a semé des indices tout au long du chemin, comme un Petit Poucet possédé.

Étienne se tient devant elle, amorphe. La meilleure manière de ne pas tomber entre les mains de ceux qui vont le pourchasser, c'est encore de rester avec lui pour organiser la fuite. Seul, il se ferait prendre en quelques heures et il balancerait aux flics l'intégralité du catéchisme selon Sylvia, ce qui la conduirait en prison. S'enfuir à deux, c'est la meilleure solution. Les policiers vont traquer un tueur, pas un couple, cela leur donne le temps de les distancer.

Sylvia commence par soigner la main de son compagnon. Ils possèdent une trousse de premiers secours, avec des pansements et du désinfectant, qu'un pharmacien leur a offerte il y a longtemps. Elle entreprend de laver la coupure avec l'eau recueillie dans un seau, sans ménagement. Étienne est dur au mal, il tique à peine quand Sa Majesté écarte les bords de la plaie pour en ôter des gravillons. Puis, elle badigeonne l'estafilade. Enfin, elle découpe un pansement qui la recouvre intégralement. Étienne la regarde avec dévotion.

Les vêtements, à présent. Sylvia ordonne à Étienne d'enlever son sweat à capuche maculé de sang – le sien mélangé à celui de l'enfant. Le t-shirt, en dessous, n'a pas été souillé : il a le droit de le garder, bien qu'il sente la sueur. Le pantalon, en revanche, est constellé de traces sombres, il faut s'en débarrasser. Du couteau aussi. Sylvia ose à peine le toucher, même s'il est maintenant replié. Le manche est poisseux. La lame rougie s'est enfoncée dans la chair d'un enfant, Étienne a massacré un enfant... Sylvia est horrifiée mais l'heure est à l'efficacité. Les sandales d'Étienne sont lavées à grande eau et brossées, en attendant qu'on en trouve d'autres – ou on les jettera dès demain et il mettra ses baskets, on verra.

Les hardes ensanglantées sont jetées dans un sac-poubelle, avec le couteau au milieu pour qu'il ne crève pas la poche de plastique. On fourrera le tout à l'aube dans un conteneur municipal, ou on s'en débarrassera dans un lieu désert. Étienne est assis sur le tabouret bancal, en caleçon, t-shirt et chaussettes, comme s'il allait passer une visite médicale. Il repense à la dernière qu'il a subie, il y a des centaines d'années, chez ce gros médecin bizarre qui voulait lui tirer les vers du nez, quand il s'était fait si mal en glissant sur une flaque gelée.

Sylvia lui ordonne d'aller chercher un pantacourt dans son sac à dos et de le passer. Puis, elle s'avise qu'elle a du sang sur les mains – celui de l'enfant? Elle les frotte dans l'eau froide du seau, à se faire mal. Elle n'a plus de savon.

Le sang ne part pas.

Elle pleure en se mordant les lèvres.

Il faudra déguerpir dès le lever du soleil. Pour aller où ?

Jusqu'à présent, les itinéraires de la mission n'ont jamais créé de tension. Cette fois, Sa Majesté et son secrétaire se disputent. Il veut aller en Italie, pour trouver refuge auprès du pape. Les Alpes ne sont pas si loin, avec un peu de chance on sera à Rome en huit ou dix coups d'auto-stop.

« Pas question, c'est moi qui décide, réplique Sylvia. On va à Lourdes. Je connais des gens là-bas, la Vierge nous sauvera. »

Étienne n'en démord pas. Il argumente, insiste, hausse le ton, agite les bras. Sa Majesté, fatiguée, apeurée, abdique pour la première fois. Ce sera l'Italie.

La mission continue.

En cavale

Ils se lèvent à l'aube après une mauvaise nuit. Ils ont très peu dormi. Étienne a mal à la main. Il n'a pas envie de se débarrasser de son couteau, il ne comprend pas pourquoi c'est nécessaire. Sylvia a les traits tirés, une mine affreuse. Elle a une trouille bleue d'aller en prison.

Le cerveau d'Étienne s'était agréablement vidé pendant le retour en arrière. Il se remplit de nouveau, peu à peu, des instructions de Sylvia. Le roi d'Australie note qu'elle est plus autoritaire, plus cassante que d'ordinaire, mais cela lui convient d'obéir à Sa Majesté. D'autant qu'il a eu gain de cause sur l'itinéraire et que l'idée d'aller poursuivre la mission en Italie lui plaît.

Sylvia ajuste son sac à dos, attrape le chat. Étienne tient d'une main une sorte de cabas rempli d'accessoires nécessaires au voyage et, de l'autre, le sac-poubelle avec ses vêtements souillés et son couteau. Ils ferment la porte du local et laissent la clé dans la serrure, à l'intérieur, comme cela leur a été demandé la veille. Le soleil se lève et dissipe, dans une lumière rouge, une légère brume. La campagne est magnifique mais les deux routards ne la regardent pas, ils se mettent en chemin sans tarder, en direction du sud-est. Sylvia craint que la police ne soit déjà à leurs trousses. Étienne s'interroge : combien de voitures devront-ils arrêter pour gagner Rome ?

Sylvia en veut terriblement à Étienne. D'avoir tué un enfant. De l'avoir crue à ce point, surtout. Elle n'en demandait pas tant. Une obéissance raisonnable suffisait à son bonheur. Elle était contente qu'il s'épanouisse en roi d'Australie, en général major supérieur de la légion française en boîtes à vœux, en secrétaire. Elle s'était faite à ses propres fonctions de divinité cosmoplanétaire. Quand ils étaient sur les routes, elle avait pour de vrai l'impression qu'ils faisaient tourner le monde, que la nature leur obéissait. À présent, rien ne lui obéit plus, même cet imbécile n'a pas voulu aller à Lourdes. Elle se reproche de n'avoir pas eu la force de le lui imposer. Elle n'a pas envie d'aller à Rome, le pape c'est tout de même moins bien que la Vierge, en plus il faut prendre rendez-vous alors que Marie est toujours prête à recevoir qui la prie.

Après quelques minutes de marche, ils arrivent à proximité d'un pont. Celui-ci enjambe une rivière aux berges mal entretenues, semées de ronces et de hautes herbes, inaccessible aux pêcheurs comme aux promeneurs. L'endroit idéal pour se débarrasser des vêtements et du couteau. Sur son instruction, Étienne lance le sac dans la broussaille, le plus loin possible. La végétation se referme sur les pièces à conviction que personne ne découvrira jamais.

Étienne se concentre sur l'itinéraire. Il a regardé les cartes routières avec plus de soin que d'habitude, étudié le réseau, dense dans la plaine, éparpillé dans la montagne. Il a mentalement tracé un axe qui traverse les Alpes et débouche en Italie. Il croit que la police de là-bas ne pourra rien contre eux. Belbar l'inquiète bien davantage, il faudra être vigilant pour ne pas tomber dans l'un de ses pièges – il ne manquera pas de leur en tendre plusieurs sur le chemin. Étienne ne se considère pas à proprement parler comme un fuyard. La mission a repris, dans un autre contexte. Il est naturel que l'ambiance, à présent, soit différente. Mais le but reste le même. Il ne comprend pas pourquoi il faut partir aussi vite. La vie d'avant devrait reprendre son cours paisible.

Sur les lieux du crime, les investigations ont démarré tambour battant dès le lever du soleil. Les gendarmes sonnent à toutes les portes, exploitent le moindre témoignage, réunissent les images saisies par les quelques caméras de surveillance du bourg et commencent à les visionner. Les rares riverains de la ruelle n'ont rien vu. Il n'y avait quasiment personne dehors à l'heure où l'enfant a été attaqué : cela aura au moins le mérite d'aider les enquêteurs à écarter les fausses pistes. L'entourage de la famille Perron fait l'objet de questionnements précis : quelqu'un pouvait-il en vouloir au père de l'enfant ? à sa mère ? aux deux ? Avaient-ils des dettes ? Leur vie conjugale était-elle mouvementée ? Tous les témoins sont formels : les époux forment un couple uni, ils adorent leur fils et n'ont ni problème d'argent, ni ennemi connu. Le capitaine Marny est intrigué par le mode opératoire du tueur : un tel acharnement a forcément un sens. Pour le militaire, cartésien, chaque crime a son mobile.

Le parquet est en surchauffe. Le procureur Jacques Dupuy et sa collaboratrice Laetitia Peri se consacrent exclusivement à la traque. Au téléphone, le procureur général Gendron exerce une pression subtile mais permanente sur son subordonné. À Paris, peut-être parce qu'il est loin du théâtre des opérations et habitué aux affaires sensationnelles, le directeur des affaires criminelles reste aussi calme qu'à son habitude. Paul Fréval se garde de solliciter Gendron, sachant qu'il évitera ainsi les comptes rendus inutiles. Il réfléchit. Tente d'imaginer la ruelle, l'enfant qui fait du vélo et tombe sur un homme armé d'un couteau. Il a lu les résumés des premiers procès-verbaux : famille sans histoire, enfant aimé… Plus le temps passe, et plus Fréval se convainc qu'on a affaire à un malade mental qu'il va falloir interpeller sans tarder, avant que la psychose alimentée par les médias ne devienne ingérable. Il évoque l'hypothèse, incidemment, lors d'une conversation téléphonique avec le directeur de cabinet de la garde des Sceaux. « Fou ou pas fou, coupe Leblanc, elle ne tient pas en place, vous savez comme elle est dans ce genre de situation. »

Étienne et Sylvia ont été pris en stop par un viticulteur qui va à Lyon. Ce coup de chance inespéré leur permet de parcourir près de 150 kilomètres d'une traite. Ils sont assis dans une voiture antique, sale, dont les vitres arrière ne s'ouvrent plus. Ils ont chaud. Ils ne disent rien. Le conducteur essaye d'engager la conversation mais se laisse vite décourager par le mutisme de ces passagers malodorants. Ils confient seulement qu'ils sont des pèlerins en route pour Rome, qu'ils doivent rencontrer le pape. Le viticulteur pense à une manifestation collective. Puis renonce à les questionner. Il les dépose près de la bretelle d'accès d'une autoroute qui mène plein est, dans les Alpes. Là, un second automobiliste les prend en charge mais ne les dépose que quelques dizaines de kilomètres plus loin. Le soir commence à tomber, il va falloir trouver un hébergement pour la nuit – la routine de la mission. Étienne et Sylvia appliquent leur technique habituelle et se retrouvent dans une remise vaste et poussiéreuse, dépourvue de tout mobilier. Ils installent les bougies, purifient l'espace à l'eau froide, mangent en silence du pain et du fromage.

« On n'ira pas à Rome, déclare soudain Sylvia.

– Pourquoi ? demande Étienne.

– Parce que.

– On va où, alors ?

– À Lourdes.

– Mais on avait décidé de…

– C'était une mauvaise idée. C'est à Lourdes qu'il faut aller.

– Ce n'est pas du tout dans notre direction, on devrait plutôt…

– On va aller à Lourdes, un point c'est tout. »

Sylvia reprend le contrôle. Étienne n'ose plus tenir tête à Sa Majesté.

Les gendarmes du capitaine Marny reçoivent la visite d'un couple de personnes âgées. La nouvelle du meurtre d'Antonin fait désormais la une de tous les journaux. Les retraités l'ont apprise sur BFM-TV, ils se sont rapidement concertés puis se sont rendus à la brigade. Ils déclarent que, la nuit du crime, ils ont croisé « un drôle de type ». « Un Cubain », affirme la dame âgée, tandis que son mari hausse discrètement les épaules et rectifie : « Elle est obsédée par cette idée de Cubain… Il est passé tout près de nous. C'était un homme très brun, avec beaucoup de cheveux, mais il n'avait pas l'air d'un étranger. » Cette fois, c'est sa femme qui lève les yeux au ciel. L'homme, professeur de français à la retraite, ajoute : « Il louchait d'un œil, comme Jean-Paul Sartre. » Les gendarmes sont de plus en plus intéressés, surtout quand les témoins précisent où a eu lieu la rencontre furtive : près de la banque, équipée d'une caméra de vidéosurveillance. On montre aux petits vieux les images saisies à l'heure approximative où ils rentraient chez eux. Elles sont de piètre qualité mais, soudain, l'un et l'autre sursautent et pointent l'écran : « C'est lui ! »

Lui, c'est un individu de taille moyenne, plutôt corpulent, vêtu d'un sweat à capuche, très chevelu, qui marche vite, les mains dans les poches. Le maréchal des logis qui reçoit les témoins leur propose de les aider à élaborer un portrait-robot. Cela prend du temps, car la mémoire est fragile et il est difficile de transposer un visage aperçu dans la nuit sur une feuille de papier ou un écran d'ordinateur. Mais le couple s'applique et permet à la gendarmerie de diffuser les traits approximatifs d'un suspect dans l'affaire du meurtre d'Antonin.

Au second matin de leur cavale, Sylvia et Étienne rassemblent leurs affaires, tournant le dos aux Alpes et à Rome. Cap au sud-ouest. Ils mettent un temps fou à regagner Lyon, à en sortir, à trouver un véhicule qui les rapproche de Lourdes. La chance n'est plus avec eux. Faute de mieux, ils embarquent avec deux jeunes gars qui leur proposent de traverser le Rhône et de les déposer en Ardèche, leur terminus. Les fuyards hésitent quelques secondes, cela ne correspond pas à l'itinéraire imaginé par Étienne. Finalement, pressés par le chauffeur, ils acceptent l'offre, et les voilà partis pour l'Ardèche. Ils arrivent dans un village paisible en fin de journée, obtiennent un toit de la mairie – impossible de trouver le dépositaire des clés du temple protestant –, et passent la nuit sur une banquette inconfortable.

Le matin suivant, l'adjoint au maire qui leur a prêté ce local a rendez-vous avec son beau-frère, gendarme, pour boire un café. Il passe le prendre à sa brigade et remarque un avis de recherche punaisé au mur : « Tiens, on dirait mon gars d'hier. »

Une demi-heure plus tard, le capitaine Hugues Marny reçoit une dépêche d'une gendarmerie distante de 350 kilomètres. Un individu dont les traits pourraient correspondre au portrait-robot a été repéré dans un village ardéchois. Il n'est pas seul. Il y a avec lui une femme blonde qui tient un chat en laisse.

Garde à vue

Ils ont quitté leur dernier abri depuis une vingtaine de minutes. Étienne ne parle pas à Sa Majesté. Il la bat froid depuis qu'elle l'a obligé à accepter de passer par l'Ardèche. Il aime lui obéir, mais il a sa fierté. Alors il boude. Sylvia s'en accommode. Elle en a assez de lui, de cette errance qui, elle en a l'intuition, va les conduire en prison à moins d'un miracle.

À Lourdes, elle plaquera le roi d'Australie devant la Grotte. Tout bien réfléchi, elle se dit qu'il est trop incohérent pour mettre les enquêteurs sur sa piste le jour où il se fera prendre. À ce moment, elle sera loin, sans secrétaire, certes, mais avec le chat. Pas question qu'elle lui laisse Ézéchiel.

Ils font maintenant du stop sous un soleil féroce, au bord d'une route encaissée. De part et d'autre, des roches à vif et des buissons d'épineux. Étienne se concentre sur son pouce tendu. Il s'efforce de ne pas penser à ce qui est arrivé avec l'enfant au vélo rouge, de peur de retomber sous la coupe de Belbar. À deux mètres de lui, Sa Majesté gamberge. Son secrétaire ne lui a pas raconté en détail le déroulement des événements, elle ignore même que l'enfant circulait à vélo quand il a croisé sa route. Mais elle sait que la situation est grave. Bien qu'elle n'ait pas commandité le crime, bien qu'elle n'ait pas compris que son compagnon allait en commettre un et qu'elle n'ait par conséquent rien tenté pour le retenir, elle a suffisamment de jugeote pour imaginer que, toute divinité qu'elle soit, elle sera considérée comme une complice. Avec, à la clé, une lourde condamnation. Elle n'a rien à voir avec cette affaire. Certes, elle a inventé le concept de retour en arrière, mais elle raconte aussi à qui veut l'entendre qu'elle rend la justice dans un vaisseau spatial et qu'elle prend le thé avec Bouddha.

On ne condamne pas les gens pour leurs paroles ou leurs pensées.

Le retour en arrière est une idée, pas une consigne.

On ne peut pas punir Sa Majesté, divinité cosmoplanétaire, pour un crime qu'elle n'a ni ordonné, ni approuvé, ni commis.

Ils marchent dans la fournaise, Sylvia imagine qu'ils sont dans l'antichambre de l'enfer, Étienne se contente de transpirer, il fond comme une motte de beurre près d'une cheminée. Au loin, deux voitures. Étienne laisse retomber son bras quand il reconnaît des véhicules de gendarmerie roulant à vive allure ; aucune chance qu'ils s'arrêtent pour prendre des auto-stoppeurs. Sylvia se retourne, voit dans la réverbération poussiéreuse les gyrophares qui miroitent. Un pressentiment : c'est pour eux.

Les voitures foncent dans la direction des deux routards, la première les dépasse mais pas la seconde. Les deux freinent brusquement. Ils sont pris en tenaille. Les portières s'ouvrent, des hommes jaillissent en criant. Plusieurs pointent leur arme sur Étienne, qui ne bouge pas, pétrifié par ce branlebas. Ce n'est pas la première fois que Sa Majesté et lui font l'objet d'un contrôle, mais celui-ci est singulièrement brutal. Un gendarme passe derrière lui pendant qu'un autre le braque de son pistolet automatique ; deux autres procèdent de la même manière avec Sylvia. Étienne grimace quand les anneaux de métal se referment sur ses poignets, dans son dos. Sylvia, menottée, pleure. Un gendarme a récupéré le chat. Les bagages des deux routards sont chargés dans les véhicules. On fait asseoir Étienne, furieux mais docile, à l'arrière du premier, Sylvia à l'arrière du second. Le convoi fait demi-tour et roule à tombeau ouvert vers le chef-lieu.

Une fois à la brigade, les suspects sont poussés vers des bureaux distincts. On leur demande de décliner leur identité. Ils acceptent sans réticence de subir un prélèvement d'ADN. Un officier leur notifie qu'ils sont en garde à vue. Un autre homme leur racle l'intérieur de la bouche avec un écouvillon.

À 350 kilomètres de là, le capitaine Marny est en réunion avec ses adjoints. Il regarde sa montre sans arrêt, impatient de recevoir des nouvelles d'Ardèche. Soudain, un coup de fil d'Aubenas. L'homme arrêté, lui jure-t-on, ressemble comme deux gouttes d'eau au portrait-robot établi sur les indications du professeur de français retraité et de son épouse.

« Il n'est pas cubain du tout, mon capitaine, précise le gendarme. Il tient des propos bizarres, parle de majesté, d'Australie et de "boîtes à vœux". Il est probablement sous l'empire de stupéfiants, plutôt de l'ecstasy ou de l'héroïne, d'après les symptômes. On va attendre qu'il atterrisse un peu pour l'interroger.

– Et la femme ? demande Marny. Nos témoins ne nous en ont pas parlé, pour eux le type était seul. Au fait, il louche, le vôtre ?

– Affirmatif, mon capitaine, mais seulement d'un œil. La femme a l'air plus âgée que lui. C'est une blonde aux cheveux longs. Si vous voulez mon avis, elle est aussi défoncée que son copain. Elle parle de lui comme de son "secrétaire".

– Son secrétaire ? Vous êtes sûr ?

– Oui, mon capitaine. C'est du grand n'importe quoi. Pas impossible non plus qu'ils se foutent de nous, si vous me passez l'expression. »

Marny appelle la substitute Peri. Il va falloir préparer l'acheminement des deux routards vers le palais de justice sans perdre une minute car le compte à rebours de la garde à vue est engagé, elle ne peut pas durer plus de quarante-huit heures. La jeune femme court jusqu'au bureau du procureur Jacques Dupuy pour lui annoncer de vive voix la nouvelle de l'interpellation. Il la remercie, la raccompagne à la porte et téléphone immédiatement au procureur général Gendron qui, du ton de celui qui a tiré toutes les ficelles, alerte, en personne, Paul Fréval à Paris. Il lui donne du « monsieur le directeur » au début de la conversation, et du « cher ami » à la fin. Le directeur des affaires criminelles et des grâces informe Jean-Claude Leblanc, au cabinet de la ministre. Laquelle convoque Samuel Guesclin, avant de joindre l'Élysée.

Le transfert d'Étienne et de Sylvia n'a pas traîné. Jamais les deux auto-stoppeurs n'avaient roulé si vite. Ils ont même eu un peu peur, par moments. Les deux voitures qui les ont convoyés s'arrêtent enfin devant la brigade du capitaine Marny. On installe les suspects à bonne distance l'un de l'autre. L'officier charge des subordonnés de confiance du premier interrogatoire.

Étienne est menotté à un radiateur. Il est vêtu d'un t-shirt bleu pâle taché, d'un pantacourt, de baskets (il a fini par jeter, sur ordre de Sylvia, les sandales qu'il portait au moment du crime). Deux techniciens installent en face de lui une petite caméra vidéo d'un modèle assez ancien qu'ils fixent à un trépied bricolé. Étienne entend le plus âgé marmonner : « J'espère qu'elle marchera aujourd'hui, faudrait pas que ça fasse comme la dernière fois sinon on va encore se faire remonter les bretelles. » Il est intrigué par ce dispositif. Il se demande si Belbar n'essaye pas de faire en sorte qu'il passe à la télévision. Les gendarmes sont gentils avec lui. À présent que l'excitation de l'interpellation est retombée, on est de nouveau dans une routine rassurante. Comme Étienne a faim, on lui apporte des chips et un Coca-Cola, c'est tout ce qu'on a sous la main à la brigade. Il est détendu. Il regarde autour de lui, s'étonne de l'effervescence, se demande en quel honneur il a droit à ce traitement. Étienne repense, par flashes, au retour en arrière, mais il ne croit pas que tout cela puisse avoir un rapport avec la nuit où il l'a réalisé. Il s'inquiète davantage pour Sa Majesté, qui ne devrait pas être bousculée de la sorte.

Un jeune militaire aux cheveux ras vient s'asseoir devant lui. Il allume un ordinateur et entreprend de rédiger un procès-verbal. Étienne a déjà été interrogé par des gendarmes, et cela s'est toujours bien terminé, même si le dernier contrôle l'avait prodigieusement agacé.

Nom, prénom, âge, date de naissance… Étienne décline son identité en attrapant quelques chips de sa main libre.

« Profession ?

– En mission divine. »

Le gendarme lève les yeux vers l'individu rondouillard et hirsute. Il pense avoir mal entendu.

« Vous pouvez répéter la profession ?

– En mission divine », postillonne Étienne, la bouche pleine de chips.

Le militaire retranscrit la réponse, et interroge Étienne sur la nature de cette mission. Bien volontiers, le gardé à vue lui explique Sa Majesté, les accords internationaux, les circuits. L'Australie, sa couronne. Les boîtes à vœux, leur légion et son général major supérieur. Le complot dont il est victime. À aucun moment le jeune homme en uniforme ne lui demande s'il se moque de lui ou s'il souffre de troubles psychiatriques. Heureusement, d'ailleurs, car Étienne s'en serait offusqué et la conversation aurait tourné court. Au lieu de cela, elle se poursuit sur un ton courtois. Le gendarme se renseigne sur le rôle de celle qu'il appelle aussi « Sa Majesté ». Il tente d'obtenir des précisions sur plusieurs personnages qui pourraient être mêlés à l'affaire et retranscrit les propos d'Étienne dans cette langue typique qui ne se parle que pendant les gardes à vue. Sur procès-verbal, tout le monde s'exprime de la même façon. Professeur ou illettré, citadin ou paysan, ouvrier ou comédien, chacun se voit prêter par l'enquêteur un parler standard qui, à la personnalité réelle du suspect, substitue un statut : celui de futur condamné.

« Vous parlez souvent d'un individu dénommé Belbar. Pouvez-vous préciser son état civil complet ?

– Je préfère ne pas en dire plus sur l'identité de cet individu. Il est décrit dans les carnets de Sa Majesté. C'est un magicien qui utilise ses pouvoirs pour empêcher la mission. Vous me demandez si je l'ai déjà vu. Je consens à vous dire que je l'ai vu plusieurs fois. Je lui ai même parlé. Mais il est difficile de le décrire, car son apparence n'est pas habituelle. C'est un individu dangereux qui pourrait user de représailles à mon encontre s'il avait connaissance de déclarations de ma part susceptibles de permettre son identification complète.

– Avez-vous une idée de l'endroit où pourrait se trouver le dénommé Belbar en ce moment?

– Je ne sais pas où il se trouve précisément, mais je pense qu'il n'est pas loin d'ici. Il nous a toujours suivis. Par nous, j'entends Sa Majesté et moi-même.

– Pouvez-vous préciser l'état civil complet du dénommé Anacimsabre, dont vous parlez également?

– Je ne connais cet individu que sous ce nom. C'est un associé de Belbar, ils travaillent ensemble à retarder la mission divine. Sa Majesté connaît les formules pour les éloigner, et ils la craignent. Moi aussi, ils me craignent, mais moins que Sa Majesté qui a des pouvoirs supérieurs. Vous me demandez si j'accepterais de participer à l'élaboration de portraits-robots de Belbar et Anacimsabre : je préfère ne pas y participer, de peur de représailles de leur part. Je tiens à préciser qu'à mon avis un portrait-robot ne vous aiderait pas à les arrêter.

– Connaissez-vous un enfant nommé Antonin ?

– Non. Je ne connais aucun enfant portant ce prénom. Je ne connais pas d'enfant en particulier, les enfants sont trop petits pour être dans les boîtes à vœux, donc il n'est pas possible de leur parler. Sa Majesté aime les enfants mais c'est normal, car elle peut voir à travers les boîtes à vœux. Plusieurs enfants ont été utilisés par le dénommé Belbar pour nous empêcher de réaliser la mission, mais ça n'a pas beaucoup marché.

– Un enfant prénommé Antonin a été tué dans un bourg, à un moment où vous vous y trouviez également : avez-vous quelque chose à déclarer à ce sujet ?

– Je ne connais pas l'enfant Antonin dont vous me parlez. Je ne l'ai jamais vu. Au cours de la mission, je suis allé dans de très nombreuses localités, et je n'ai jamais rencontré d'enfant appelé Antonin. Parfois j'étais seul, mais le plus souvent j'accompagnais Sa Majesté. Vous me dites que l'enfant

Antonin a été tué pendant la nuit. La nuit, je ne sors pas, je reste avec Sa Majesté. Mais il y a des clones qui peuvent prendre notre place et obéir à des instructions de Belbar, c'est possible, je sais que c'est arrivé il y a des milliers d'années. Vous insistez, mais je n'ai pas tué l'enfant Antonin. Je voudrais me reposer. Je n'ai plus rien à ajouter.»

Dans la pièce voisine, Sylvia se montre moins loquace que son compagnon. Elle n'ignore pas que ses mots peuvent être interprétés et lui causer préjudice. Elle se contente du minimum, affirme qu'elle ne sait rien au sujet d'Antonin :

«Je n'ai jamais vu cet enfant. Vous m'informez qu'il a été victime d'un meurtre mais je ne suis pas au courant de cette affaire. Personnellement, j'aime beaucoup les enfants. Je ne pense pas que mon secrétaire soit capable de tuer un enfant. Généralement, la nuit, nous restons tous les deux dans le local où nous avons pratiqué les purifications rituelles.»

Elle demeure volontairement allusive au sujet de son essence divine.

Un laboratoire, requis en priorité absolue, compare les ADN des deux suspects avec les prélèvements réalisés sur le corps d'Antonin. Aucun doute : Étienne était sur les lieux du crime, son empreinte génétique a été retrouvée sur le corps de l'enfant. En revanche, l'ADN de Sa Majesté ne « matche » pas avec les échantillons. Que vient faire dans le scénario cette femme blonde aux traits fatigués que l'autre vénère comme une reine ?

Les tourments d'un juge

L'interrogatoire de première comparution d'Étienne plonge le juge Aziz Bouazza dans un état inédit. Face à cet homme fruste à la logorrhée déconnectée du sens commun, le magistrat a l'impression de perdre l'équilibre, de ne plus connaître la signification des mots.

Étienne lui est amené par deux gendarmes, qui le démenottent devant lui. Le suspect s'assied tranquillement en se frottant les poignets. Il est accompagné d'un avocat commis d'office. Le juge Bouazza commence son interrogatoire en douceur. La veille, il s'est entretenu avec Jacques Dupuy.

« Vous avez vu les procès-verbaux de garde à vue ? lui a demandé le procureur. Ils essayent de se faire passer pour des dingues… À mon avis, la femme est dans le coup, sinon elle ne se serait pas enfuie avec lui.

– Oui, bizarre, cette histoire de “mission divine”, a répondu le juge. Mais si ça se trouve, il est vraiment fou, on verra avec les expertises psychiatriques. Pour la femme, je suis d'accord avec vous, elle a dû tremper là-dedans. Sinon, on ne l'aurait pas cueillie avec lui. »

Le juge et le suspect sont face à face. Le premier a un physique sec de marathonien. Le second est boursouflé et transpirant. Quand les questions portent sur des généralités, Étienne apporte des réponses intelligibles. Peu à peu, le juge glisse vers les faits dont il est saisi. Son interlocuteur s'échappe alors dans des discours échevelés.

Il ne change pas de version au fil du questionnement. Aucun signe de rouerie dans son regard frappé d'un strabisme marqué. Aucune nervosité suspecte. Assis devant le juge, Étienne explique posément en quoi consiste la mission divine. Pour ce qui concerne le meurtre d'Antonin, il nie, en dépit des preuves scientifiques établissant qu'il a été en contact avec l'enfant.

« Mais, monsieur, lui répète Aziz Bouazza pour la dixième fois en prenant sur lui pour garder son sang-froid, votre ADN a été retrouvé sur le corps de la victime, mélangé à celui d'Antonin. Cela signifie, sans discussion possible, que vous avez été en contact avec cet enfant. Comment l'expliquez-vous ? »

Étienne réfléchit quelques secondes.

« C'est un coup de Belbar, réplique-t-il. Je sais très bien que je n'ai pas tué Antonin, je ne connais pas l'enfant Antonin. Et je ne suis pas fou, tout de même. Belbar me fait porter le chapeau, c'est clair comme de l'eau de roche, puisque je n'étais pas là.

– Monsieur, je vous rappelle que vous avez été filmé par des caméras de vidéosurveillance, le soir où les faits ont été commis. Persistez-vous à nier votre présence près des lieux du crime ?

– Vous êtes plutôt gentil, je le reconnais, mais je ne comprends pas pourquoi vous insistez comme ça. Je n'y étais pas, je suis bien placé pour le savoir. Je l'ai dit aux gendarmes : posez-leur la question, ils vous le confirmeront, les gendarmes ne mentent pas, non plus. »

Aziz Bouazza a été amené, par le passé, à affronter

des « drôles de zigs », comme il dit, mais des comme ça, jamais. Il se souvient tout particulièrement d'un homme, soupçonné de plusieurs viols. Il bavait, roulait des yeux en hurlant de rire, tenait des propos décousus. Un jour, il était même allé jusqu'à uriner sous lui dans son bureau. Le juge avait confondu le simulateur : il avait vu jaillir dans son regard des éclairs de malice et surpris de brefs moments pendant lesquels le faux furieux se demandait quelle outrance il pouvait bien inventer pour échapper à la prison. Les experts psychiatres avaient donné raison au juge, le violeur avait été condamné à quatorze ans de réclusion criminelle et il était encore en train de purger sa peine quand Bouazza s'était vu confier l'enquête sur la mort d'Antonin.

Le juge scrute Étienne. Celui-là n'a rien de commun avec le violeur. Il lui répond sans faire de grimaces, sans opposer d'alibi, sans prétendre qu'il n'avait pas quitté le local paroissial ce soir-là. Après tout, rien ne prouve formellement qu'il ait commis le crime seul, ou qu'il n'en ait pas été seulement le témoin impuissant : il pourrait jurer qu'il n'a pas quitté les lieux où il séjournait avec Sylvia, que la personne filmée par la vidéosurveillance de la banque lui ressemble vaguement mais que ce n'est pas lui. Ou, plus subtil, pour contourner la difficulté de l'ADN : arrivé sur les lieux du crime, il a vu un enfant couvert de sang, cette vision l'a tellement effrayé qu'il est tombé et s'est ouvert la main, puis il s'est approché du corps, l'a un peu secoué pour constater que l'enfant était mort et s'est enfui, de peur d'être accusé à tort.

Au lieu de cela, il parle de clones, met en doute, avec le plus grand sérieux, le verdict de l'empreinte génétique. Son avocat se garde bien de perturber l'audition. Il ne monte pas sur ses grands chevaux pour tenter de convaincre le juge que son client est fou, et se contente de pointer sans conviction quelques détails matériels qui ne collent pas, selon lui, avec la culpabilité d'Étienne.

« Admettez, monsieur le juge, que l'image extraite de la vidéo est de très mauvaise qualité, avance l'avocat. Les vêtements que porte l'individu n'ont pas été retrouvés dans les affaires de mon client.

– Certes, maître. Mais votre client a admis qu'il avait des vêtements de ce type et qu'il ne savait pas où il les avait mis.

– Et l'arme du crime ? Il ne possède pas de couteau.

– Il serait plus juste de dire qu'il n'en possède plus, puisqu'il a déclaré (le juge demande à sa greffière de lire la formule exacte) : "Je ne possède pas de couteau actuellement. J'en ai eu un mais il a été perdu, je ne sais plus quand mais il n'y a pas longtemps." Vous ne suivez pas très attentivement, maître. »

Étienne ne connaissait pas le sens de l'expression « commis d'office » : on lui a expliqué qu'il devait se faire assister par un avocat, qu'il n'aurait rien à payer. Il a accepté que ce gros bonhomme aspergé d'eau de toilette joue ce rôle, mais il ne lui parle quasiment pas. L'avocat, qui il y a une dizaine d'années avait été élu par ses pairs bâtonnier de son Ordre, et qu'un confrère parisien célèbre avait qualifié ironiquement d'« immense ténor de province » après l'avoir ridiculisé lors d'un procès d'assises, se moque du sort d'Étienne. Il s'est débrouillé pour obtenir le dossier en espérant accéder à une notoriété nationale.

Aziz Bouazza est perplexe. Une fois Étienne et son

conseil partis, il s'en ouvre à sa greffière, sa plus précieuse collaboratrice depuis qu'il a pris son poste : « Franchement, Véronique, si ce gars-là simule la folie, il mérite un Oscar, vous ne pensez pas ? » La fonctionnaire, qui a tapé le plus invraisemblable procès-verbal de sa carrière, opine, déboussolée. Le document a été signé par le mis en examen d'une écriture d'enfant. Il a oublié la dernière lettre de son prénom.

Sylvia succède à Étienne dans le cabinet du juge. Lorsque Bouazza l'entend, elle lui paraît beaucoup plus méfiante que le « roi d'Australie ». Assise, bras croisés, à la place qu'occupait Étienne, flanquée elle aussi d'un commis d'office, elle fusille le juge du regard. Lui la scrute attentivement pendant qu'elle lui sert, sur un ton désabusé, son discours habituel sur son essence divine et la mission. Elle souhaite qu'on lui donne du « Majesté ». Aziz Bouazza rétorque qu'il n'en fera rien parce que, dans son cabinet de magistrat républicain, il n'y a ni rois ni sujets. Ainsi remise à sa place, elle hausse les épaules, acceptant de fort mauvaise grâce d'être traitée comme une suspecte de basse extraction.

Le juge tente de percer cette femme à jour. Par moments, il est presque charmé par la poésie de ses images et l'imagination débridée de son récit. Mais il est ramené sur terre quand Sylvia s'exprime avec dureté au sujet de son « secrétaire » (« Je désigne par ces termes le dénommé Étienne », lui fait préciser le juge, afin que la greffière le consigne sur le procès-verbal). Elle semble à la fois le protéger et le mépriser.

Dès qu'il la presse un peu, elle bat en retraite, se tait. Elle refuse d'expliquer, par exemple, pourquoi leur périple, reconstitué peu à peu par les enquêteurs, les a conduits à zigzaguer à travers la France pendant vingt ans. Elle oppose un silence obstiné chaque fois que le juge tente de savoir pourquoi le prénom « Antonin » apparaît dans l'un de ses carnets, placé sous scellés avec tout son barda. « Je n'en sais rien », lâche Sylvia la première fois. « C'est une coïncidence », ou « quelqu'un d'autre l'a marqué pendant mon sommeil, ça s'est déjà vu », tente-t-elle par la suite.

Sur le crime, tout au long de l'interrogatoire, elle reste évasive. Elle est certaine que son « secrétaire » est incapable de faire du mal à quiconque et en particulier à un enfant, d'autant qu'il n'ignore pas qu'elle-même adore les enfants. Elle est toutefois mise en examen pour «complicité de meurtre sur mineur de 15 ans», ce qui lui fait encourir, comme à l'auteur présumé, la réclusion criminelle à perpétuité. Son avocat ne proteste pas. Une fois le procès-verbal signé, il pose sa main sur le bras de sa cliente – qui n'apprécie pas qu'on la touche avec une telle familiarité – et lui signifie, d'une mimique entendue, que tout va bien se passer. Sylvia n'est pas idiote: elle comprend qu'elle est prise dans un engrenage infernal et redoute que l'histoire ne se termine très mal pour elle.

Trois semaines plus tard, le juge Bouazza confronte ses deux mis en examen, qui ne se sont pas rencontrés depuis leur arrestation. Il est frappé par la déférence absolue qu'Étienne manifeste encore vis-à-vis de Sylvia. Frappé, aussi, par la froideur qu'elle lui oppose. Étienne lui fait penser à un chien qui espère un sucre de sa maîtresse et n'en obtient pas même un regard. Les deux avocats interviennent peu. Celui de Sylvia suggère que la relation du couple n'est pas si fusionnelle que cela. À l'entendre, c'est à peine s'ils se connaissent. L'avocat d'Étienne réclame une contre-expertise génétique qui n'a aucune chance d'innocenter le meurtrier présumé. Aziz Bouazza est accablé par la bêtise de ces arguties. Il préférerait que les avocats se taisent : leurs clients sont suffisamment en difficulté.

Quand ils repartent, menottés, pour la maison d'arrêt, le magistrat échange ses impressions avec sa greffière. Tous deux sont, à ce stade, quasi certains qu'ils ont affaire à deux aliénés. Aziz Bouazza a 43 ans. Juge d'instruction depuis sa sortie de l'École nationale de la magistrature, l'indépendance est pour lui la plus noble des vertus. Sa carrière l'a amené à se colleter à des dossiers sensibles. Dans une précédente affectation, en charge d'une affaire de détournement de fonds publics et de trafic d'influence, il a mis en examen un président de conseil régional auquel un destin national était prêté. Aziz Bouazza a, par ailleurs, instruit des homicides, démantelé un réseau de prostitution ; bref, il connaît la musique. Sa réputation lui vaut l'estime de ses collègues du siège, juges comme lui. Ceux du parquet, les procureurs, s'en méfient, bien qu'il n'ait jamais fait preuve de déloyauté à leur égard. Ainsi Jacques Dupuy n'a-t-il pas vu d'un très bon œil son arrivée, d'autant que Bouazza adhère, sans militer, au principal syndicat de la magistrature, et pas lui. Laetitia Peri en revanche l'apprécie, car elle le trouve intelligent et pince-sans-rire. Pour ne pas froisser son supérieur, elle évite de trop se montrer à ses côtés, et se contente d'échanges furtifs devant la machine à café.

Aziz Bouazza mène une vie personnelle rangée. Il est marié à une cadre de l'Aide sociale à l'enfance, très impliquée, elle aussi, dans son métier. C'est par amour pour elle qu'il a demandé sa dernière mutation, qui l'a conduit ici. Ils ont deux enfants, une fille et un garçon. L'aîné a l'âge d'Antonin.

«Je vais désigner un expert psychiatre connu, décrète le juge, après un long silence. Comme ça, personne ne viendra nous chercher des poux dans la tête.»

Sa greffière acquiesce et lui remet la liste des spécialistes agréés par la Cour de cassation – le haut du panier, du moins en théorie. Le regard d'Aziz

Bouazza est attiré par un nom, celui d'un médecin venu jadis donner une conférence à l'École nationale de la magistrature. Il ne se souvient pas de l'impression qu'avait produite sur lui le professeur Charles Delavigne, mais son patronyme vaguement familier associé au brevet de sérieux conféré par l'École lui suffit. Bouazza connaît par cœur l'article 122-1 du Code pénal : « N'est pas pénalement responsable la personne qui était atteinte, au moment des faits, d'un trouble psychique ou neuropsychique ayant aboli son discernement ou le contrôle de ses actes. »

Querelle d'experts

Le professeur Charles Delavigne a eu son heure de gloire. Il est le seul à ne pas savoir qu'elle est passée. Il a suivi les rebondissements du terrible fait divers. Entendu les ministres de l'Intérieur et de la Justice – il a croisé plusieurs fois la garde des Sceaux dans des réceptions – promettre aux parents d'Antonin que le ou les coupables seraient châtiés à la hauteur du crime. Il trouve naturel que le juge Bouazza se tourne vers lui bien que, depuis quelques années, les affaires médiatiques soient confiées à des confrères plus jeunes. Ancien chef de service dans un hôpital parisien, auteur de deux ouvrages de vulgarisation aux titres racoleurs qui lui ont valu une relative renommée, officier de la Légion d'honneur, le professeur Delavigne, 76 ans, est resté inscrit sur la liste des experts agréés par la Cour de cassation. Cela lui permet de faire encore impression, surtout auprès de juges de province, qui traitent peu de dossiers retentissants.

Abonné aux colloques sur la psychiatrie légale, le professeur participe souvent à des commissions mises en place par les ministères de la Santé ou de la Justice. Mais il n'est plus invité à la télévision qu'en deuxième ou troisième choix. Ce n'est pas à proprement parler un incapable. C'est un fat, dont le principal défaut est de s'accrocher à sa première impression, quoi qu'il arrive. Il forge son intime conviction à la lecture des pièces du dossier, non à l'examen clinique. Le professeur Delavigne acquiert instantanément la certitude qu'Étienne et Sylvia sont coupables du meurtre d'Antonin. Le premier en est l'auteur, la seconde en a été la complice active en ce qu'elle lui a ordonné de commettre un « retour en arrière », donc un homicide. Il en mettrait sa main à couper. Certes, ils sont apparemment atteints de troubles mentaux. Mais, pour le psychiatre, le fait qu'ils se soient enfuis prouve qu'ils ne sont pas coupés du réel. Avant de les avoir rencontrés, il penche pour une simple altération de leur discernement et non une abolition. À l'aune de ce diagnostic, ils peuvent comparaître aux assises. Le psychiatre, qui renonce à envisager l'application de l'article 122-1 du Code pénal avant même d'avoir examiné les mis en cause, imagine les termes frappants qu'il utilisera pour édifier les jurés lors de sa déposition, puis la presse à la sortie de l'audience.

« Le cerveau d'abord, je ne suis pas psychiatre pour rien », a-t-il lancé au juge Bouazza lors de leur unique conversation téléphonique, ravi d'utiliser une fois de plus cette vieille plaisanterie de son cru : lorsqu'il se rend à la maison d'arrêt, le professeur Delavigne commence par examiner Sylvia, qu'il considère comme la plus intelligente des deux. La détenue est conduite auprès de lui, dans une pièce qui sert généralement de parloir aux avocats. Incarcérée depuis quelques semaines seulement, Sylvia a déjà le teint blafard et la démarche mécanique à quoi l'on reconnaît les détenus. Elle adopte instinctivement une posture de défiance. Le médecin, pense-t-elle, la prend de haut. Le professeur y voit une première confirmation de son intuition : cette femme est une organisatrice-née, une paranoïaque à tendance mégalomaniaque. Une rapide conversation lui suffit, il a assez de bouteille pour ne pas perdre une demi-journée avec une manipulatrice pathologique. Une fois l'entretien terminé, il quitte l'établissement pénitentiaire pile à l'heure pour aller déjeuner. Il a préféré voir Étienne vers 17 heures afin, a-t-il expliqué au personnel pénitentiaire, de mieux « digérer » au préalable l'examen de Sylvia.

Le professeur a négocié une enveloppe de frais qui couvre son déplacement, deux repas et une nuit d'hôtel, car il ne repartira que le lendemain. Il déjeune dans le restaurant étoilé de la ville, où il a retenu une table une semaine auparavant. Vers 16 h 30, un taxi le ramène à la maison d'arrêt. Étienne l'attend dans la pièce où, ce matin, a eu lieu la rencontre avec Sylvia.

Charles Delavigne est un peu perplexe, cette fois. Le sujet, de prime abord, lui paraît complètement dénué de discernement. L'expert n'avait pas prévu cela. Il a survolé les procès-verbaux établis par les gendarmes sur les lieux du crime, ainsi que le rapport d'autopsie. Mais ce que lui raconte l'auteur présumé des faits se situe à des années-lumière de cette réalité. Le professeur lui pose des questions pièges, dans l'espoir qu'il se contredise. Il insiste sur la fuite, dès le lendemain du meurtre, expliquant à Étienne en quoi cette décision porte en elle la preuve d'une certaine logique. Étienne, peu à peu, réalise que le psychiatre est de son côté. Contrairement à tous les autres, il ne le croit pas fou. Étienne convient que la fuite avec Sa Majesté avait sciemment pour but d'échapper à la justice après qu'un de ses clones avait accompli un retour en arrière, encouragé par Belbar, Anacimsabre, son père décédé et un magicien inconnu. Mais il n'en démord pas : il n'a pas tué Antonin. Persister à nier le crime, malgré l'aveu de la cavale, est complètement absurde. Peu importe : la fuite, elle, a un sens. Cela suffit à l'expert.

Soulagé de voir son intuition confortée, le professeur Delavigne prend congé. L'entretien n'a pas duré une heure. Il repasse à son hôtel pour se délasser dans un bain. Il ressort ensuite dîner au restaurant dans lequel il a déjeuné. Le lendemain, il saute dans le train pour Paris, première classe, côté fenêtre, sens de la marche.

Une quinzaine de jours plus tard, le psychiatre rend au juge Bouazza ses conclusions, sous la forme d'un rapport d'une dizaine de pages. D'après lui, aucun des deux accusés n'était atteint, « au moment des faits, d'un trouble psychique ou neuropsychique ayant aboli son discernement ou le contrôle de ses actes ». Par conséquent, ils sont « accessibles à une éventuelle sanction pénale » – autrement dit, ils peuvent être jugés. L'expertise est communiquée aux parties ; aucun des deux avocats commis d'office, curieusement, ne demande un autre avis. Bref, on s'achemine vers un procès.

La lecture du rapport Delavigne met le juge Bouazza mal à l'aise. Il le trouve bâclé. Il s'en ouvre au président du tribunal. Ce dernier brigue un poste auquel son ancienneté lui donne droit. Il souhaite ardemment que l'instruction soit inattaquable – et conforme aux attentes de la ministre de la Justice, mais cela, il ne peut pas le dire ouvertement. Il n'a pas le pouvoir de tenir la main du juge d'instruction.

Aziz Bouazza est seul maître à bord dans son cabinet et, sauf à commettre une faute gravissime, il ne peut être dessaisi.

Si le juge a consulté le président, c'est qu'il n'a jamais connu une telle pression. Les médias rendent compte de l'affaire en temps réel. Selon la rumeur, des avocats de Paris font le forcing pour entrer dans le dossier. Certes, il méprise les deux commis d'office, mais la partie deviendrait plus compliquée avec des pénalistes compétents. « À votre place, j'en resterais là avec les expertises, lui conseille le président. Si des emmerdeurs de Paris entrent dans le dossier, laissez-les se dépatouiller avec la santé mentale de leurs clients. Admettons qu'ils réclament une contre-expertise. Soit elle confirme la première, et ils seront pris à leur propre piège. Dans le cas contraire, peu probable, ce serait match nul, balle au centre, et les assises arbitreront. Laissez les jurés trancher la question. En plus, ces expertises coûtent les yeux de la tête, Delavigne n'y est pas allé de main morte en frais de déplacement. Maintenant, c'est à vous de voir, vous êtes indépendant et libre, évidemment. »

La greffière du juge, à laquelle il raconte cet

entretien, n'est pas emballée. « C'est vous le patron de l'instruction, dit-elle à Aziz Bouazza, pour lequel elle éprouve une affection filiale. On les a eus, nous, dans ce bureau, Étienne et Sylvia. Je n'ai jamais tapé de procès-verbaux aussi délirants de ma vie, et vous, on ne vous a jamais raconté des sornettes de cet acabit. Ordonnez une contre-expertise, confiez-la à un collège de trois bons psychiatres. Vous n'avez rien à perdre, la justice a tout à y gagner. »

Le soir même, Aziz Bouazza passe un coup de fil au docteur Decorse.

Armand Decorse est un expert respecté de ses pairs. Avec son collègue Antoine Grignols, il a examiné la plupart des grands criminels de ces vingt dernières années. Il présente de surcroît l'avantage d'être clair quand il dépose aux assises. Jamais il ne jargonne, jamais il ne succombe à l'arrogance des grands « sachants ». Bouazza se demande pourquoi il ne l'a pas désigné d'entrée de jeu. Au téléphone, Decorse, qu'il n'a jamais rencontré, apparaît chaleureux, débordé, enthousiaste. Il suggère au magistrat les noms de deux confrères avec lesquels il est certain de former une équipe soudée, car Grignols est indisponible. Le juge désigne le trio dans la foulée. Une condition est posée, à laquelle ils sont habitués : travailler le plus vite possible.

À tour de rôle, ils se rendent à la maison d'arrêt pour y rencontrer les suspects. Decorse ferme la marche. Il a réussi à se ménager une journée complète. La matinée entière est consacrée à Étienne. L'après-midi, à Sylvia. Puis les praticiens se concertent à distance. Ils posent tous le même diagnostic : Étienne est schizophrène, irresponsable. Pour Sylvia, c'est plus subtil. Elle souffre d'une maladie rare, la paraphrénie, terme savant qu'on pourrait traduire par « folie des grandeurs », explique le docteur Decorse au juge Bouazza, qui n'a jamais entendu parler de cette pathologie. Il ajoute : « Qu'ils soient coupables ou non n'est pas l'affaire des psychiatres, monsieur le juge. Ce qui est sûr et certain, c'est qu'Étienne est psychotique, probablement depuis qu'il a 16 ou 17 ans. Il y en a des traces sans équivoque au dossier, je m'étonne que Delavigne ne les ait pas vues. Vous retrouverez tout cela dans les quarante-cinq pages de notre rapport. Pour nous, Étienne est un schizophrène de musée, il présente tous les symptômes répertoriés de la maladie. Quant à Sylvia, elle n'est pas complètement irresponsable de ses actes, mais son discernement est sérieusement altéré. Elle est en proie à un délire permanent, riche, productif, dans lequel nous n'avons détecté aucune fascination pour la violence ou pour la mort. C'est pour nous un cas passionnant. Pour vous, un problème extraordinairement difficile. »

Voilà le juge Bouazza, une nouvelle fois, face à sa conscience. Il pourrait rendre immédiatement un non-lieu en faveur d'Étienne, mais juger Sylvia seule n'aurait guère de sens. Elle n'a pas tué Antonin et n'était pas sur les lieux du crime. Il n'existe aucune preuve formelle de son implication, elle affirme n'avoir pas commandité le crime, ce que confirme Étienne. Pour ne rien arranger, la rumeur est maintenant une certitude : Étienne et Sylvia, chacun de leur côté, ont débarqué leurs avocats commis d'office et désigné de nouveaux conseils dont le seul nom est annonciateur de contrariétés en cascade.

La presse, surexcitée par l'entrée en lice de deux « redoutables ténors », révèle la teneur du rapport Decorse. Le grand quotidien régional titre à la une, au-dessus de deux photos effrayantes d'Étienne et de Sylvia prises à la sauvette pendant la reconstitution : « Échapperont-ils à la justice ? » Deux pleines pages sont consacrées au dossier. L'avocat de la partie civile, Simon Bordin, une pointure de Paris, se déchaîne contre ce « tour de passe-passe », cette « mystification ». « Nous les avons vus lors de la reconstitution et, croyez-moi, quand il s'agit de mentir pour égarer la justice, ils ont toute leur tête. » Le journaliste, qui s'appuie sur une « source bien informée », explique à quel point « le dossier est accablant et recèle de nombreuses preuves du machiavélisme des auteurs présumés de cet acte odieux ». Le rédacteur en chef du quotidien qui, coïncidence, fréquente la même loge maçonnique que le procureur général Gendron, se fend d'un éditorial alarmiste : « S'il suffit d'avoir l'air un peu fou pour ne pas rendre de comptes à la société, les tribunaux et les prisons risquent de se vider à la vitesse grand V. La voilà, peut-être, la solution pour délester nos juridictions menacées d'embolie ! » Cette formule ironique sera reprise par une revue de presse radiodiffusée, à la vive satisfaction de son auteur.

Cette fois, c'est le président du tribunal qui demande à voir Aziz Bouazza. En insistant tellement sur l'indépendance de son collègue que celui-ci en éprouve de la gêne, il lui demande – « de vous à moi » – ce qu'il compte faire.

« Vous comprenez, monsieur le juge, la France a les yeux braqués sur nous…

– Mais vous me disiez vous-même, monsieur le président, que si la deuxième expertise contredisait la première, ce serait match nul, balle au centre, objecte le juge d'instruction.

– C'était une façon de parler, pour ne pas vous mettre trop de pression. Maintenant, j'ai le président de la cour d'appel sur le dos, le ministère commence à s'énerver, je crains des répercussions sur le budget de l'année prochaine. J'ai croisé le procureur Dupuy, il m'a confié qu'il n'en pouvait plus, qu'il avait son procureur général trois fois par jour au téléphone. Gendron a le bras long, vous savez, et quand la garde des Sceaux monte dans les tours… »

Bouazza n'avait jamais eu à subir un tel chantage. Il ne sait pas quoi dire au patron du tribunal.

« Autre chose, monsieur le président ? coupe-t-il, glacial.

– Non, rien, merci, répond le magistrat. Enfin... Écoutez, Bouazza, je ne vois pas comment vous pouvez échapper à une troisième expertise dans un dossier comme celui-là. Je n'ai évidemment pas de conseil à vous donner mais, après Decorse et ses acolytes, vous allez devoir désigner des experts réputés. Connaissez-vous le docteur Edmond Rochelle ? »

Et il lui tend un Post-It sur lequel il a griffonné dix chiffres.

Le docteur Rochelle est encore plus connu chez les journalistes qu'à la faculté. C'est un praticien compétent, mais qui ne résiste pas à la tentation des interviews. Rochelle est à l'expertise psychiatrique ce que le couteau suisse est au bricolage : il peut servir quel que soit le problème. Il a ainsi été, au gré des faits divers, le grand spécialiste des suicidés, des violeurs, des kleptomanes, des exhibitionnistes, des kamikazes, des profanateurs de cimetière, des terroristes islamistes, des infanticides, des tueurs en série, des auteurs de crimes passionnels, des forcenés, sans pour autant avoir nécessairement rencontré aucun d'entre eux. Son discours n'est jamais sot, il a le sens de la formule et, surtout, il répond au téléphone à toute heure, y compris pendant les vacances. Le docteur Rochelle n'est pas tombé de la dernière pluie. En consultant le dossier, il constate que le professeur Delavigne, qu'il tient pour un vieux croûton, a déclaré les deux suspects aptes à être jugés. Armand Decorse et ses collègues, qu'il tient en haute estime, ont conclu que le tueur présumé relevait sans aucune hésitation de l'article 122-1 du Code pénal. A priori, l'équipe Decorse a raison. Rochelle pose son équation. Le juge peut s'appuyer sur trois experts contre un seul pour rendre un non-lieu au bénéfice d'Étienne. Or, il lui demande d'intervenir. Pourquoi ? Sans doute parce que le magistrat, ou des huiles de l'institution judiciaire, préféreraient une majorité en faveur d'un autre diagnostic. Il se met au travail sans perdre une minute.

Un mois plus tard, le collège de trois spécialistes

qu'il pilote se prononce : en dépit d'une altération sévère de leur discernement au moment des faits, Étienne et Sylvia sont accessibles à une éventuelle sanction pénale. Quatre experts contre trois : la majorité a basculé. Le procès aura lieu.

En découvrant ces conclusions, le président du tribunal ressent un immense soulagement, tout comme le procureur Dupuy et le procureur général Gendron. À la Direction des affaires criminelles et des grâces, Paul Fréval fait suivre. Le directeur de cabinet expose la situation à la garde des Sceaux. « Enfin une bonne nouvelle ! », s'exclame-t-elle. Jean-Claude Leblanc ne lui avait jamais vu un tel sourire.

Dans son cabinet, Aziz Bouazza ressent l'impression pénible d'avoir été instrumentalisé. Au moment de signer l'ordonnance de mise en accusation d'Étienne et Sylvia, il a honte.

Stratégies de défense

Assis en face d'Étienne, Me Frank Damiens a du mal à garder son calme. Ce client, qu'il connaît à peine, a le don de lui mettre les nerfs en pelote, lui d'ordinaire réputé pour son sang-froid. Étienne se méfie de cet homme élégant, à la voix douce, qui semble s'intéresser à son sort.

Les deux hommes se trouvent dans une pièce de la maison d'arrêt dédiée à ce genre d'entretiens. Une table, deux chaises et, derrière la porte, un surveillant. Désigné à la toute fin de l'instruction, Me Damiens en découvre les soubresauts après la bataille. L'apathie du confrère commis d'office qu'il a remplacé au pied levé l'exaspère. Il en prend la mesure en épluchant la procédure : muet pendant les interrogatoires d'Étienne et la confrontation avec Sylvia, inactif durant la reconstitution. À se demander s'il voulait vraiment défendre son client. Bien que débarqué par Étienne, cet incapable l'a supplié de rester à ses côtés pour le procès, même sans être payé… Il ne manquerait plus qu'il parade avec lui, devant les caméras, pendant les assises. La réponse a été négative et l'autre l'a mal pris : il est parti en maugréant, sans lui serrer la main.

Pénaliste redoutable, Frank Damiens est habitué aux cas désespérés. Il est souvent appelé au secours in extremis, comme un mage de qui l'on attend un miracle quand l'imminence du procès tenaille l'accusé ou sa famille. Il se retrouve alors avec un dossier calamiteux. Il aime ça. Dans ce cas précis, c'est la mère d'Étienne qui s'est tournée vers lui. La pauvre femme a retrouvé brutalement la trace de son fils. Un coup de téléphone, de bon matin. Gendarmerie. « Vous êtes bien la mère d'Étienne ? – Oui, pourquoi, il lui est arrivé un accident ? – Non, madame, c'est plus grave que cela, nous devons vous entendre le plus rapidement possible, pouvez-vous vous déplacer jusqu'à nous ? » Jacqueline bredouille qu'elle va prendre le premier train. Elle s'intéresse peu à l'actualité : elle n'avait même pas lu ou entendu qu'Antonin avait été assassiné.

Quand elle raccroche, elle ne sait toujours pas ce qui est reproché à son garçon. Des images se bousculent dans sa tête : Étienne, tout petit, collé à elle du matin au soir. Puis, plus grand, dessinant des Goldorak à la chaîne – elle se ruinait en papier Canson et en crayons HB. Elle revoit le fameux jour où Étienne lui a présenté Sylvia, tireuse de cartes itinérante, ancienne danseuse de clubs louches, divorcée au regard inaccessible. C'est cette femme qui a entraîné son Étienne dans un mauvais pas. Pas cette femme : cette sorcière.

Elle est reçue très courtoisement par un gendarme galonné – le capitaine Hugues Marny en personne. Il lui pose de nombreuses questions sur Étienne, son enfance, ses études, son départ de la maison. Le militaire insiste sur la santé mentale de son fils : Jacqueline lui assure que son garçon n'est pas fou. Étienne est solitaire, un peu rêveur, doux comme un agneau, incapable de faire du mal à une mouche. Lorsqu'elle découvre de quoi il est accusé, elle est à deux doigts de s'évanouir. Lui, un tueur d'enfant? Impossible. C'est forcément une erreur. Il ne lui est pas permis de voir Étienne dans l'immédiat, mais elle pourra demander un permis au juge, pour aller le visiter en maison d'arrêt. Touché par la détresse de Jacqueline, l'officier demande à un gendarme de la raccompagner à la gare dans un véhicule de service.

De retour chez elle, Jacqueline s'effondre. «Je n'aurais jamais dû le laisser partir avec cette bonne femme», répète-t-elle, dix fois par jour, à son compagnon qui ne sait plus quoi inventer pour l'apaiser. Pendant des semaines, elle ressasse. L'approche du procès exacerbe son sentiment de culpabilité.

C'est en prison qu'elle va retrouver Étienne. Elle ne l'a pas vu depuis vingt ans. La première fois, il lui demande l'adresse de la Maison-Blanche : il a des révélations à faire au président des États-Unis. Il faut qu'elle se renseigne sur le nombre de timbres à coller sur l'enveloppe. Comme Jacqueline ne répond pas tout de suite, il la relance par courrier. Elle s'exécute, Étienne écrit à Washington pour mettre en garde les Américains contre une résurgence du nazisme en Europe, et affranchit l'enveloppe au tarif en vigueur.

Elle ne va pas souvent à la maison d'arrêt car le trajet est coûteux. Lors des parloirs, Étienne se plaint de plus en plus de son avocat commis d'office. Sa mère lui promet de lui en trouver un meilleur. Son deuxième mari, qui ne manquerait pour rien au monde les émissions de télévision consacrées aux affaires criminelles, lui souffle le nom de Me Frank Damiens. Ce dernier accepte de la recevoir rapidement car le temps presse. Il connaît les grandes lignes de l'affaire du meurtre d'Antonin, et mesure le retentissement qu'aura le procès. Chaque fois qu'un fait divers sort de l'ordinaire, Damiens dit à qui veut l'entendre, mi-sérieux, mi-rieur : « Ça, c'est un dossier qui va finir chez moi. » Souvent, il voit juste.

Jacqueline arrive en avance, intimidée par le faste du cabinet. Elle trouve tout très beau : la longue jupe de la secrétaire qui l'accueille, les lampes, les gravures, les chaises, la moquette, le renard empaillé posé sur la cheminée – l'avocat chasse à ses heures. Sur les murs, les nombreux articles de journaux consacrés à Frank Damiens, encadrés sous verre, voisinent avec des portraits de lui-même, achetés à prix d'or – même les moins ressemblants – aux dessinateurs de presse autorisés à crayonner dans les tribunaux. Frank Damiens arrive en trombe dans la salle de réunion où elle patiente depuis un petit quart d'heure, présente des excuses polies pour son retard, ôte son chapeau, son pardessus et ses gants luxueux avant de lui faire servir un café. Jacqueline est impressionnée par son regard noir, son costume italien, sa grosse voix, mais elle le trouve bien élevé, pas du tout prétentieux. Surtout, elle est soulagée : après s'être renseigné avec délicatesse sur ses revenus, il ne lui demande presque pas d'argent pour défendre Étienne. « Mon garçon n'est pas fou, explique-t-elle. Il est innocent, il me l'a juré. Peut-être qu'une petite thérapie lui ferait du bien, à Étienne, d'accord, mais avec ce qu'il a subi, ce serait pareil pour tout le monde. » Le grand avocat la rassure. Il va défendre son « garçon ».

Comme d'habitude, Frank Damiens s'en remet d'abord au jugement de sa principale collaboratrice. Pour lui, elle décortique la procédure, souligne les points faibles de l'accusation, confie au stagiaire le plus dégourdi le soin de vérifier les éléments matériels qui pourraient sinon établir l'innocence du client, du moins créer un doute en sa faveur, à commencer par l'étude fastidieuse de la téléphonie. Accusés atypiques, Étienne et Sylvia n'ont jamais possédé de portable : la jeune avocate rédige un rapport plus succinct que d'ordinaire et confie le bébé à son patron. Elle lui fait part de sa certitude en trois mots : « Fous à lier. »

Damiens compense sa connaissance superficielle des dossiers par un instinct exceptionnel de l'audience. Mieux que quiconque, il déstabilise par surprise un enquêteur, conteste la science d'un légiste ou d'un expert en ADN, brocarde un voisin malveillant dont le témoignage accable le box. Il sait toucher les jurés. Ce n'est pas un magicien mais mieux vaut partir aux assises avec un allié de cette trempe. S'il y a quelque chose à gagner, c'est l'homme de la situation.

Le permis de visite qu'il demande au juge lui est délivré sur-le-champ. Il fonce à la maison d'arrêt pour expliquer à son nouveau client les enjeux du procès. Au bout d'une demi-heure, Frank Damiens se retient pour ne pas le gifler : il a l'impression de parler à un mur.

« Étienne, le meurtre d'un enfant, c'est quelque chose de très grave.

– Je sais. Mais je n'ai pas tué Antonin, je ne l'ai jamais vu.

– J'entends ce que vous me dites. Je respecte votre position. Je suis votre avocat, je ne suis pas là pour vous juger.

– Parce que l'autre avocat, le gros, celui d'avant, il ne me croyait pas. Il me prenait pour un fou, et je ne suis pas fou. Je n'ai tué personne.

– Rassurez-vous, vous ne le verrez plus. Maintenant, c'est moi qui m'occupe de vous, votre maman me l'a demandé. Elle est gentille, votre maman, elle vous aime beaucoup.

– Moi aussi. Je ne suis pas fou, je n'ai pas tué le gamin.

– Étienne, j'ai l'habitude des procès d'assises. Le plus important, c'est de ne pas prendre les jurés pour des imbéciles. Il faut leur dire la vérité. Une vérité, la vôtre, qu'ils doivent pouvoir accepter. Le reste, j'en fais mon affaire. Vous me suivez ? Vous affirmez que vous n'avez pas vu Antonin, mais on a trouvé votre ADN sur son corps : ce sera difficile, pour des gens qui ne vous connaissent pas, de vous croire. Ne pourriez-vous pas déclarer quelque chose qui soit plus facile à admettre ? »

Étienne écoute Frank Damiens comme s'il était convaincu du bien-fondé de sa stratégie.

« D'accord, je peux déclarer autre chose », murmure-t-il. Puis, soudain, il se met à crier : « Mais je n'ai pas tué l'enfant Antonin, et je ne suis pas fou. Les psychiatres sont plus fous que moi ! »

Me Damiens insiste. Étienne s'arc-boute. De guerre lasse :

« C'est un de mes clones qui a tué l'enfant. »

Comme le premier gendarme de la garde à vue, Frank Damiens se demande si son client n'est pas en train de se payer sa tête.

« Tout ça, c'est parce qu'il y a eu un problème dans les boîtes à vœux, persiste Étienne. Le système s'est grippé et Sa Majesté n'arrivait pas à le faire redémarrer. À mon avis, des clones sont sortis des boîtes à vœux pour attaquer l'enfant Antonin. »

Me Damiens lui fait remarquer qu'il a lui-même du mal à comprendre ce que sont les boîtes à vœux. Étienne, du tac au tac:

« Évidemment, vous ne les avez jamais vues. »

Frank Damiens affiche un air complice, se penche vers son client.

« Les jurés ne les ont pas vues non plus, ils risquent de ne pas vous suivre, il faudrait trouver autre chose… »

Il propose de plaider, par ruse, l'irresponsabilité pénale, afin qu'Étienne soit envoyé dans un hôpital psychiatrique et non dans une prison où le régime sera plus pénible. Étienne s'énerve et menace son avocat de le virer sur-le-champ.

Frank Damiens est tenté de prendre ses cliques et ses claques. Pas envie de se faire ridiculiser par un schizophrène dans une cour d'assises bondée, en présence de toute la presse française. Mais l'avocat l'emporte sur le cabotin. Son devoir est d'éviter une erreur judiciaire. Il faut empêcher qu'un malade mental soit expédié en prison. Damiens en est convaincu : le docteur Decorse a raison, Étienne est fou à lier. Si Rochelle a prétendu le contraire, c'est pour complaire à l'institution judiciaire qui réclame à cor et à cri un procès pour « les monstres ». Quant à Delavigne, il est gâteux, son expertise de dix pages ne vaut rien. Le célèbre avocat serre les dents, fait mine d'être d'accord. Étienne n'a aucune conscience de l'enjeu de son propre procès, mais il va s'habituer à celui qui l'assiste. Damiens, qui sait que son client se fera rudement secouer aux assises, s'attache à lui. Dès qu'il parlera, les jurés s'apercevront qu'ils ont affaire à un psychotique.

De son côté, Sylvia mène la vie dure à Me Afsaneh Rezah. Sa compagne de cellule l'a convaincue de faire appel à cette jeune pénaliste, fine tacticienne, qui avait obtenu un résultat inespéré pour son frère dans une affaire de stupéfiants. Si elle n'a pas encore acquis la notoriété de Damiens, qui a vingt-cinq ans de plus qu'elle, Me Rezah se forge patiemment une solide réputation dans un univers essentiellement masculin. Cette femme menue à la voix sucrée n'a pas son pareil pour faire tourner en bourriques les juges pendant l'instruction. Malheureusement, comme Damiens, elle arrive trop tard pour cette bataille. Avant d'accepter de prendre en main la défense de

Sylvia, elle a parcouru le dossier. Contrairement au balourd qui l'a précédée, elle se passionne pour le cas singulier de cette déesse autoproclamée accusée sans la moindre preuve de complicité dans l'assassinat d'un enfant. Ses déclarations vaporeuses l'intriguent. Elle voudrait déchiffrer Sylvia.

Afsaneh Rezah s'interdit de faire jouer un rôle à ses clients. Les chiens savants l'horripilent. Elle ne leur fait pas apprendre un numéro, ni ne leur dicte des dépositions écœurantes de contrition. Elle n'exige pas qu'ils dissimulent la crudité de leur mobile. Elle entend défendre des êtres dans leur authenticité brute, même si celle-ci peut choquer, voire scandaliser. La grandeur de sa fonction ne s'exprime que si son client ne cherche pas à plaire artificiellement à ses juges.

Sa première rencontre avec Sylvia la prend au dépourvu. Elle est déjà assise dans le parloir quand sa cliente y est conduite. D'emblée, l'avocate est sidérée par ses poses hiératiques, sa facilité d'élocution, son intelligence, ses idées saugrenues. Sa Majesté trouve Afsaneh Rezah trop élégante. Son sac à main griffé ne sied pas à une femme qui prétend se mettre à son service. Elle prend son avocate pour une dame de compagnie et ne se résout pas à l'appeler « maître ». Sylvia dévoile peu à peu, comme elle en a l'habitude, sa véritable nature.

« Je suis la déesse des esprits et je rends la justice dans un vaisseau spatial actuellement remisé dans un endroit secret. Ma mission consiste à remettre en route l'horloge du destin.

– L'horloge du destin ? Qu'entendez-vous par là ? »

Horripilée, Sylvia poursuit son exposé. Étienne, dont elle ne veut plus rien savoir, fut bien son secrétaire particulier, et c'est elle – elle s'en mord les doigts – qui l'a nommé roi d'Australie et général major supérieur de la légion française en boîtes à vœux.

Me Rezah l'interroge sur le contenu de ses carnets :

« Parlez-moi de ce retour en arrière. De quoi s'agit-il ?

– Ce concept figure, en effet, dans mes écrits théoriques. Mais je ne l'ai pas défini comme un sacrifice humain et je n'ai jamais ordonné à mon secrétaire d'en commettre un. Le juge me reproche d'avoir pris la fuite avec Étienne. Mais je n'y suis pour rien, dans cette histoire. Je ne voulais pas aller en prison, madame, c'est pour cela que je lui ai ordonné de me suivre. Sinon, il aurait été arrêté tout de suite. Je pensais me débarrasser de lui plus tard.»

Le roi d'Australie est devenu son boulet, traduit l'avocate. Elle n'en pouvait plus de cette vie d'errance. Ce n'est pas l'assassin qu'elle voulait soustraire à la justice, c'est son propre royaume qu'elle se devait de préserver, quel qu'en soit le prix.

Me Rezah lui parle avec douceur, tout en essayant de la jauger. La lucidité de Sylvia lui paraît diffuse et aléatoire. Bien que bercée par son délire mégalomane, elle n'est pas femme à perdre la face en public et ne se cramponnera pas à son essence divine quand l'avocat général et le président la bombarderont de questions. Mais l'avocate comprend aussi que la pathologie dont souffre sa cliente la rend imprévisible : ce qu'elle promet n'engage que celui ou celle qui la croit. Elle peut, à tout moment, changer de position.

Peu importe la dimension psychiatrique : aucun des sept experts désignés par le juge Bouazza n'a diagnostiqué chez elle une abolition du discernement. Afsaneh Rezah n'est pas dans la situation de Frank Damiens qui dispose, lui, de trois diagnostics en ce sens. Elle plaidera l'innocence pure et simple de Sylvia et mettra au service de Sa Majesté une défense pénale des plus classiques.

Le déjeuner des procureurs

Maurice Gendron parcourt avec gourmandise le menu qu'un serveur vient de lui remettre. En face de lui, Jacques Dupuy fait de même, mais il cogite : qu'est-ce qui lui vaut un tel honneur ? Certes, il est flatté : son supérieur hiérarchique a souhaité déjeuner en sa compagnie. C'est la première fois que cela arrive. En dehors des événements officiels du calendrier judiciaire, jamais le magistrat n'a eu l'occasion d'un tête-à-tête avec son procureur général.

Non seulement celui-ci l'invite à déjeuner, mais il a insisté pour venir sur le terrain du procureur, dans un bon restaurant de la ville où travaille Jacques Dupuy et où siège la cour d'assises : La Grenouillerie, « cuisine du marché, produits de saison ». Pas la meilleure table, l'étoilée un peu onéreuse que le professeur Delavigne avait honorée de sa clientèle, mais un établissement de bonne tenue. Dupuy se doute bien que la conversation portera essentiellement sur le procès d'Étienne et Sylvia, qui doit s'ouvrir dans quinze jours. Une vague inquiétude le gagne : sera-t-il sommé de soumettre à son chef, au moment du dessert, le quantum des peines qu'il entend requérir – il ne le sait pas encore lui-même, à présent qu'il hésite entre la viande et le poisson du jour ? Et au fond, pourquoi le procureur général prend-il la peine de s'infliger trois heures de voiture au lieu de lui passer un coup de fil ou de lui demander un rapport, comme d'usage ?

Particulièrement jovial, Maurice Gendron incite tacitement son collaborateur à opter pour l'« épatant menu du jour » à 26 euros en le choisissant lui-même, et le met à l'aise en lui racontant quelques-unes de ces anecdotes dont la magistrature est friande : comment untel n'a pas eu le poste convoité, comment tel autre, qui briguait la Légion d'honneur, n'a décroché que le Mérite, et encore, in extremis, l'année de sa retraite… Au moment du dessert, il en vient au procès imminent d'Étienne et de Sylvia.

« À part ça, Dupuy, ça se présente bien, cette audience ?

– Oui, monsieur, tout est prêt. Le gros souci, c'est la presse et le public. On a déjà quatre-vingts journalistes accrédités, et comme les journaux locaux font monter la pression sur l'affaire à grands coups de suppléments dans les kiosques et de dossiers sur le Web, on s'attend à une assistance monstrueuse. Impossible de caser tout le monde dans la cour d'assises. J'en profite pour vous remercier une fois encore d'avoir appuyé au ministère ma demande de budget pour équiper une salle de vidéotransmission.

– C'est tout naturel pour une affaire comme celle-ci… Et les accusés, ça va en détention ? Pas de soucis majeurs ?

– Non, monsieur. Lui est très calme, du fait des médicaments. Elle se tient à carreau.

– Je vois… Mais dites-moi, comment sentez-vous leurs avocats ?

– Difficile à dire, monsieur. J'aurais préféré qu'ils gardent les commis d'office du début, des pénalistes d'ici que je connais bien et qui étaient, comment dire, coopératifs. Mais bon, la peur du procès, l'influence des codétenus... Des emmerdeurs de Paris, passez-moi l'expression, vont venir les défendre gratuitement ou presque. Ils passeront à la télévision tous les jours pendant deux semaines, une telle publicité vaut tous les honoraires de la terre. Ces avocats, tout de même... Par-dessus le marché, ils sont copains comme cochons avec les chroniqueurs judiciaires des médias nationaux. À coup sûr, ils vont plaider la folie. Il faut dire qu'ils ont des arguments, surtout pour Étienne, on doit le reconnaître... »

Maurice Gendron repose vivement sa fourchette à côté d'une part de tarte aux pommes entamée. Il a l'air chagriné.

« Rassurez-moi, monsieur le procureur, vous n'y croyez pas, vous, à la thèse de l'irresponsabilité pénale, n'est-ce pas ?

– Oh non, non, pas du tout, monsieur le procureur général. J'ai au dossier une majorité d'experts en notre faveur. Il est certain que les accusés ne sont pas tout à fait, disons, normaux, mais fous, non, je n'y crois pas. Ils se sont enfuis pour nous échapper dès le lendemain du crime. Pour moi, c'est bien la preuve qu'ils savaient ce qu'ils faisaient, les jurés en seront convaincus. » À voix très basse. « De vous à moi, j'ai croisé le président des assises la semaine dernière. C'est Laplanche. Il m'a semblé sur la même longueur d'onde.

– Parce que, voyez-vous, monsieur le procureur, une déclaration d'irresponsabilité pénale serait très mal perçue par l'opinion publique. Antonin est un peu devenu l'enfant de tous les Français, personne ne comprendrait que ses assassins échappent à des peines exemplaires. Pas la ministre, en tout cas. Elle a promis à ces malheureux parents que le châtiment serait à la hauteur du crime. Enfin, je ne vous apprends rien, bien entendu. »

Jacques Dupuy vient de saisir la raison d'être de cette discussion qui ne sera consignée nulle part. Il n'est plus question de justice. Le procès des assassins d'un enfant est politique, comme l'est celui des terroristes. Le gouvernement exige des coupables et des punitions.

« Ils seront condamnés, monsieur le procureur

général, assure Dupuy d'une voix blanche. Avec Laplanche, je ne suis pas inquiet.»

Maurice Gendron redevient charmant et drôle. Il boit deux espressos décaféinés, règle l'addition, glisse la facture dans son portefeuille. Jacques Dupuy le remercie pour ce très agréable déjeuner et le raccompagne à sa voiture, équipée d'un gyrophare. Pendant que le chauffeur ouvre la portière, le haut magistrat serre la main de son subordonné et lui lance, tout sourire:

«Bonne chance, Dupuy.»

Prosper, à tous les coups l'on perd

Prosper Laplanche préside des cours d'assises depuis presque quinze ans. Il approche de la retraite, mais adore toujours le prétoire, seul endroit où il peut appliquer sa conception personnelle de la justice. Il exerce une forme de fascination sur les jurés. Avec eux, il est patelin, attentif, s'enquérant des études du petit dernier ou de la santé de l'époux. C'est un homme replet, souriant même quand il est de mauvaise humeur. Il aime les vieux films français dont il est capable de restituer, de mémoire, de longs dialogues pour amuser son auditoire. À l'audience, sa pratique des interrogatoires est singulièrement madrée. Comme il est affable, l'accusé ne se rend généralement pas compte que le président ne lui pose que des questions pièges. Même chose avec les témoins, qu'il sait amener exactement là où il en a envie.

Plus que tout, Prosper Laplanche raffole du délibéré, ce huis clos de quelques heures d'où jaillit la sentence. Ce qui s'y passe est couvert par un secret inviolable. Il connaît déjà l'état d'esprit des jurés – « mes jurés », dit-il –, qu'il a façonné, l'air de rien, pendant les suspensions d'audience. S'il sent monter une bienveillance dangereuse pour les arguments de la défense, il rectifie le tir, sur le ton de la boutade ou en imitant Jean Gabin. Le vote sur la culpabilité, puis celui sur la peine sont généralement de simples formalités. Prosper Laplanche est un président efficace. Il a prononcé moins de cinq acquittements depuis qu'il officie aux assises.

Il a, auprès des avocats, la réputation d'un magistrat ultra-répressif – mais pour les avocats, quasiment tous les présidents sont ultra-répressifs. Mille anecdotes circulent sur lui, la plupart invérifiables, toutes moins flatteuses les unes que les autres. Son surnom habituel : « Prosper, à tous les coups l'on perd». Me Damiens, qui l'a souvent affronté et n'a jamais obtenu un seul acquittement devant lui, l'appelle «Laplanche pourrie». Mais le magistrat est apprécié par le président de la cour d'appel et le procureur général pour sa parfaite maîtrise de la procédure et du calendrier, sa connaissance des dossiers, sa manière de conduire les débats. Avec Laplanche, la justice est mise à la portée du jury populaire, et les accusés sont condamnés.

La bizarrerie d'Étienne et de Sylvia ne lui a pas échappé, à la lecture de la procédure. Une majorité d'experts a estimé que «ces deux zèbres», comme il dit à Jacques Dupuy au détour d'un couloir, peuvent être jugés. Cela lui suffit. «Bien sûr qu'ils sont dérangés, résume Laplanche à Dupuy. Mais les jurés ne sont pas fous. Ils comprendront très bien qu'un type qui s'enfuit après avoir massacré un gosse ne l'est pas davantage. Le bon sens, cher ami, le bon sens! Il n'y a que ça qui vaille, aux assises.»

La chasse aux monstres

Six heures du matin. On déverrouille les cellules d'Étienne et Sylvia. Le procès ne commence qu'à 9 heures, mais les formalités sont nombreuses, il faut réveiller les accusés dès l'aube.

Ils avalent un mauvais café et des tartines. Puis ils revêtent des gilets pare-balles dans lesquels ils étouffent. Il faut aider Étienne à enfiler le sien, il n'y arrive pas à cause de son embonpoint. Il a insisté pour se couvrir, en dépit des avertissements des surveillants qui lui disent qu'au palais de justice, il fait très chaud. Des policiers du Raid sont mobilisés pour les escorter et les protéger d'une éventuelle agression, comme s'il s'agissait de terroristes ou de barons de la drogue. La prison se situe à cinq petits kilomètres du palais. Quand le convoi – deux fourgons pénitentiaires, deux motards pour ouvrir la voie, deux gros monospaces aux vitres teintées bourrés de policiers d'élite casqués et armés jusqu'aux dents – arrive en ville, vers 8 heures du matin, la population est avertie par le hurlement infernal des sirènes.

La cour d'assises, déjà, est en effervescence. Malgré le froid, une foule emmitouflée piétine devant la lourde porte en bois du palais de justice, gardée par deux policiers. Leur principale mission : éviter qu'un resquilleur ne se fasse lyncher par les braves gens qui poireautent en rang d'oignons. Les premiers reportages de la journée sont d'ailleurs consacrés à ces braves gens. Tous un mot de compassion pour Antonin, qu'ils n'ont jamais vu mais qu'ils ont, en quelque sorte, adopté depuis qu'il a été « martyrisé par ces deux monstres ». Certains brandissent le portrait de l'enfant, découpé dans un journal et collé sur un carton. Chacun y va de son opinion sur ces experts psychiatres incapables de se mettre d'accord sur un diagnostic, donc incapables tout court, qu'il faudrait condamner avant même les accusés.

Tous se sentent proches des parents de la victime, qu'ils désignent aussi par leurs prénoms.

Une file d'attente distincte est réservée à la presse. Les grands médias régionaux ou nationaux, comme les chaînes d'information en continu, ont envoyé leurs meilleures équipes. Les chroniqueurs judiciaires les plus chevronnés racontent leurs hauts faits aux moins aguerris. Ils plaisantent, se moquant en douce du public arrivé bien avant eux mais qui n'entrera dans la salle d'audience qu'une fois qu'ils y auront pris leurs aises, car ils seront les premiers appelés à s'installer dans la cour d'assises. Les photographes sont à l'affût, tentant de savoir par où arriveront les accusés, pour prendre, à la dérobée, quelques photos qu'ils espèrent vendre aux agences.

Dans son bureau du deuxième étage, Jacques Dupuy est prêt pour le rôle de sa vie : avocat général au procès de l'année. Il a délégué la gestion de ses services à son principal adjoint afin de préparer l'audience avec la plus grande minutie. Il n'a pas écrit à l'avance quelle peine il allait requérir. « Je veux garder l'esprit libre », a-t-il expliqué, d'un ton docte, à Laetitia Peri. Il a chargé un substitut d'accueillir les journalistes. Débordé, ce jeune magistrat court partout dans le palais, des cameramen à ses basques. Il doit dégager une esplanade pour les directs télévisés. Dénicher une rallonge électrique pour brancher des ordinateurs. Remplacer le panneau cassé indiquant les toilettes. Une spécialiste de la communication a été dépêchée par le ministère de la Justice, afin de suivre l'audience et rendre compte, chaque soir, en haut lieu, des avancées du procès. Samuel Guesclin lui a fermement demandé de lui téléphoner sur-le-champ en cas d'incident significatif.

Les parents d'Antonin se présentent au palais de justice vers 8 h 30. Il y a une semaine, Jacques Dupuy leur a proposé d'y entrer par une porte dérobée pour échapper à la cohue. Ils étaient sur le point d'accepter la suggestion du procureur, dont depuis le drame ils louent l'humanité, mais leur avocat le leur a vivement déconseillé : « On pourrait penser que vous redoutez quelque chose. Vous devez entrer par la grande porte, la tête haute. » Me Simon Bordin brigue un siège de député, pas question pour lui de fuir les journalistes à quelques mois de l'élection. Il va faire de ce procès le premier acte de sa campagne.

Il n'a pas lu le dossier avec une attention particulière, mais il peut se le permettre car il occupe la place la plus commode : il n'a qu'à susciter l'émotion des jurés et, dans cet exercice qui requiert plus de talent que de travail, Me Bordin excelle. Les Perron, terrifiés par l'épreuve qui les attend, se rendent à ses arguments : ils passeront par la grande porte. Pendant qu'ils se présentent devant une marée de caméras, soutenus par un Simon Bordin qui surjoue la compassion, la garde des Sceaux, invitée d'une matinale radiophonique, dit qu'elle n'a « jamais cessé de suivre personnellement » ce dossier ; elle a « pleinement confiance en l'intelligence » de la cour et des jurés, et demande que « justice soit rendue, enfin, à Antonin ».

À 9 heures précises, Prosper Laplanche, resplendissant dans sa robe rouge parée d'hermine, fait son entrée dans le prétoire, suivi de ses deux assesseurs. Il a autorisé des prises de vue avant l'arrivée des accusés. Les photographes et cameramen savent qu'ils n'auront pas d'autres images que celle de ces trois magistrats à immortaliser, alors ils s'en donnent à cœur joie. Puis, à regret, ils sortent à reculons de la salle d'audience, repoussés *manu militari* par l'huissier. Le président ordonne à l'escorte de faire entrer les accusés.

Le public retient son souffle. Le grincement d'une porte, un cliquetis de menottes : Sylvia pénètre la première dans le box aux vitres blindées. Longs cheveux grisonnants convenablement peignés, survêtement couleur pastel, elle va s'asseoir à une extrémité en frottant ses poignets endoloris. Étienne la suit, engoncé dans un sweat noir, et prend place à quelques centimètres de la greffière. Il dévisage son avocat, debout devant lui, en léger contrebas : « Mais je vous connais, vous ! Vous étiez dans la file avec les autres pour me défendre. » Frank Damiens hoche la tête. Il est le seul à l'entendre et se dit que tout va pour le mieux, son client commence déjà à délirer, il se lâchera devant le public – sa seule chance d'éviter la perpétuité.

Le jury est tiré au sort. Cinq femmes et quatre hommes prennent place autour du président Laplanche, guidés par l'huissier. Le procès démarre pour de bon.

Sylvia intéresse peu l'assistance. Tout le monde

est venu pour le tueur, pas pour celle qu'on présente comme sa complice. Est-il fou ou pas ? La question préoccupe de la même manière la presse et le public. Les journalistes connaissent les experts Delavigne, Decorse et Rochelle. Ils tiennent le premier pour un fossile pompeux, apprécient les compétences du deuxième et s'amusent de la rouerie du troisième. Ils scrutent tantôt les accusés, tantôt les spectateurs privilégiés qui ont réussi à entrer dans la salle principale. Ils veulent prendre l'exacte mesure de la vindicte populaire. Le public traque les monstres tapis en Étienne et Sylvia, croit les déceler à chaque mimique. On cherche des signes de folie chez les accusés et sur ce point, en ce début de procès, on est déçu : l'homme et la femme paraissent à peu près sains d'esprit. Quand le président Laplanche les invite à se lever pour décliner leur identité, ils se plient à la formalité, l'un après l'autre, sans difficulté. Étienne et Sylvia savent comment ils s'appellent, où et quand ils sont nés, ils se souviennent des prénoms de leurs parents. Peut-être le vieux professeur Delavigne a-t-il vu juste, finalement. Et si ces deux-là étaient, disons, des marginaux vaguement hurluberlus, et non pas les « fous à lier » que Frank Damiens a décrits, la veille, à ses amis journalistes, à grand renfort de détails pittoresques, en leur faisant servir un verre d'excellent bourgogne ?

Le président présente les faits à sa manière. Derrière une neutralité de façade et le rappel initial à la présomption d'innocence, le choix des mots et la manière d'évoquer l'enquête sous-entendent que les accusés sont aussi coupables l'un que l'autre. Quand le magistrat évoque les quarante-deux coups de couteau, le corps martyrisé d'Antonin, retrouvé les yeux grands ouverts, avec une minutie appuyée qui fait grogner Mes Damiens et Rezah, tous les regards se tournent vers le box. Étienne écoute sans manifester aucune émotion. Le public, outré, gronde. Sylvia fixe tantôt le plafond, tantôt l'abondante chevelure noire de son avocate, assise devant elle. Le public y voit une désinvolture choquante. Les spectateurs des procès apprécient que les accusés prennent conscience de l'horreur de leur acte, se lamentent et demandent pardon. Si un puissant repentir ne jaillit pas du box, ils en concluent que les accusés – même ceux qui nient avoir participé aux faits – ont un cœur de pierre et méritent la plus lourde des peines. Les honnêtes citoyens qui ont pris place dans ce prétoire bondé ne sont pas venus écouter des arguments. Ils sont là pour entendre un verdict conforme à leur intime conviction. Ils n'ont pas lu une ligne du dossier, mais sont repus des comptes rendus publiés dans la presse. Les jurés sont dans la même situation, mais ils ont prêté serment et considèrent leur rôle avec sérieux : attentifs, ils prennent des notes et s'efforcent de ne trahir aucune émotion.

Les témoins défilent, des jours durant, dans l'ordre fixé par le président. Ils se succèdent à la barre, lèvent la main droite, jurent de dire « toute la vérité, rien que la vérité » ou, pour les experts, de prêter leur concours à la justice, et font leur déposition. Étienne les écoute comme si tout cela ne le concernait pas. Des questions lui sont posées de toute part, il y répond à peine. Il a peur qu'on veuille le piéger, redoute de passer pour fou et de nuire à Sylvia. Celle-ci l'ignore superbement. Il ne parvient pas à s'attirer un seul regard de Sa Majesté.

Pessimiste de nature, Frank Damiens est effondré par ce qui est en train de se jouer : Étienne a l'air bizarre, évidemment, mais pas aussi fou qu'il le faudrait, pas aussi délirant qu'il ne l'est en réalité. Arrive le moment clé : la déposition des psychiatres.

Le professeur Delavigne, auquel le président réserve une déférence démonstrative, livre à la cour un exposé truffé d'un sabir de psychiatre : schizophrénie paranoïde, paranoïa schizoïde, personnalité borderline, pervers narcissique... Jacques Dupuy lui fait répéter quelques-unes de ses observations les plus intelligibles, lui demande courtoisement d'en traduire en français courant deux ou trois autres qui confortent sa vision du dossier, et se rassied.

Vient le tour de la défense.

« Monsieur l'expert, combien de temps avez-vous passé auprès d'Étienne ? attaque Frank Damiens, qui veut instiller l'idée que Delavigne a bâclé.

– Je n'ai pas calculé, mais la qualité d'un diagnostic ne se mesure pas à cette aune, maître, rétorque le professeur, qui prend soin de ne pas regarder son interlocuteur mais de fixer la cour. Je ne travaille ni à l'heure ni au poids.

– Que pensez-vous du dénommé Belbar, auquel mon client fait souvent allusion ?

– Je n'ai rien à en penser, ce n'est pas lui que j'ai expertisé. »

Le président étouffe un petit rire, ce qui n'échappe à personne et incite quelques jurés à en faire autant. Pas suffisant pour que Damiens provoque un incident.

« Mais tout de même, la récurrence de ce personnage imaginaire ne démontre-t-elle pas, avec d'innombrables autres signes, l'existence d'un délire permanent chez Étienne ?

– Maître, l'expert doit dire si l'accusé jouissait de son discernement au moment des faits qui lui sont reprochés. Les enfants s'inventent des amis imaginaires, ils ne sont pas dénués de discernement pour autant. Pour certains adultes, c'est la même chose. Ne vous arrive-t-il pas de parler tout seul, d'imaginer des dialogues avec une personne que vous allez rencontrer ? Je suis certain que si, et pourtant, je vais rassurer la cour : vous m'avez l'air tout à fait sain d'esprit. » Rires dans le public. « Rien ne permet au psychiatre que je suis de dire qu'Étienne n'avait aucun discernement au moment du meurtre et, plus généralement, qu'il n'en a jamais. Vous admettrez avec moi que sa fuite démontre une présence d'esprit indéniable. Et qu'ici même, pour autant que je puisse l'apprécier, sa conduite semble adaptée à la situation.

– Ce n'est pas vous qui jugez, mais Mmes et MM. les jurés ! Je n'admets pas que vous fassiez si peu de cas de la présomption d'innocence.

– Mais bien entendu, maître, bien entendu. Je n'ai jamais dit, ni écrit, que votre client était coupable. Seulement que s'il l'était, il n'aurait pas, selon moi, agi sous l'effet d'une crise de folie, pour employer une formulation familière.

– Comment expliquez-vous alors que plusieurs de vos confrères aient estimé le contraire ?

– Je compte sur vous pour leur poser la question tout à l'heure. Ils sont, si je ne m'abuse, moins nombreux que ceux qui ont conforté mon analyse. » Le président sourit à nouveau, imperceptiblement. « Par pitié, maître, n'entraînez pas la cour dans le débat stérile sur les expertises psychiatriques contradictoires. Il est tout à fait naturel, dans un domaine aussi complexe que l'esprit humain, que l'unanimité soit rare.

– Je n'ai plus de questions », grogne Me Damiens en se rasseyant.

Les jurés auront retenu l'obséquiosité du président à l'égard d'un savant inébranlable. Le professeur Delavigne quitte la barre, très digne, avec leur sympathie.

Le docteur Armand Decorse dépose ensuite avec brio et conviction. Le président, sans en avoir l'air, sape l'exposé du psychiatre, comme s'il craignait qu'il ne fasse pencher la balance en faveur de l'irresponsabilité pénale d'Étienne. En feignant de ne pas l'écouter – il feuillette ostensiblement l'album photographique de la scène de crime –, il lui coupe la parole pour multiplier les traits d'esprit et les anecdotes sans rapport avec le dossier. Il fait ainsi allusion à une autre affaire, jugée par une autre cour d'assises : l'accusé était un tueur en série qui agissait seul et s'en prenait à des femmes adultes, aucun rapport avec Étienne et Sylvia. Son objectif est atteint : les jurés sont perdus. Le docteur Decorse fulmine et perd à plusieurs reprises le fil de sa pensée.

« Personnellement, je n'ai aucune question à poser à l'expert », déclare négligemment le président.

Edmond Rochelle ferme la marche des psychiatres. Verbe tranchant, formules flamboyantes, il livre, dans un style qui n'appartient qu'à lui, une conviction. Laquelle ? Son rapport écrit conclut à l'altération du discernement mais, à l'oral, l'expert ne paraît plus écarter l'hypothèse de l'abolition. Il a pourtant été désigné pour trancher entre les deux. Les jurés, pendant leur délibéré, ne se souviendront que du professeur Delavigne, ce premier expert si sûr de lui, dont ils n'ont pas compris la démonstration mais que le président apprécie tant.

Spectateur de son propre procès, Étienne ne trouve rien de spécial à dire après avoir entendu les diagnostics divergents à son sujet. À peine lâche-t-il trois phrases sans réelle signification. Il est tenté de confier à la cour sa conviction que les psychiatres sont plus fous que lui, mais il se contient, ignorant l'effet que pourrait avoir cette intervention sur le sort de Sylvia.

Me Damiens se tourne vers lui. À quelques centimètres de son oreille, il murmure :

« Après la pause du déjeuner, le président va vous donner la parole. Ce sera le moment le plus important. Soyez vous-même, Étienne, et tout ira bien. »

Le trou noir

Prosper Laplanche partage un bœuf bourguignon avec ses deux assesseurs, dans la brasserie la plus proche du palais de justice. La pause du déjeuner dure toujours deux heures, le président y tient, cela lui permet, ainsi qu'aux jurés, de se restaurer convenablement. Laplanche évalue la situation. Sylvia l'intéresse peu. Il pense qu'Étienne va l'entraîner dans sa chute, en dépit des efforts de Me Rezah, qui conteste la moindre des charges pesant sur sa cliente, et elles ne sont pas si nombreuses que cela. Il a compris que Me Damiens, malgré toute son expérience, ne maîtrise pas son client : il faudrait qu'Étienne délire pour que les jurés doutent. Or, il parle très peu. Ce mutisme fait bien l'affaire de

Prosper Laplanche. Il lui permet de surcroît de tenir un planning serré. Le président appartient à ce club de magistrats qui estiment que le personnage le plus encombrant du procès, c'est l'accusé. Moins il s'exprime, mieux on le juge.

Mais, tout de même, devant ces journalistes serrés comme des sardines, dont les comptes rendus sont disséqués au ministère de la Justice, il convient de sauvegarder les apparences. Prosper Laplanche a prévu d'interroger Étienne une dernière fois, en priant intérieurement pour qu'il reste muet. De retour dans la salle d'audience à 14 heures pile, il se tourne vers le box vitré et lui demande de se lever.

« Monsieur, vous avez entendu ce que tous ces témoins et experts ont dit de vous et du crime dont vous êtes accusé, crime dont vous persistez à vous prétendre innocent, nous l'avons tous noté, c'est votre droit le plus absolu. Mais vous ne nous avez pas beaucoup parlé de vous, et il serait utile, à ce stade des débats, que Mmes et MM. les jurés vous connaissent un peu mieux. On dit souvent que juger, c'est comprendre, alors je vous demande de vous ouvrir un peu plus à ceux qui ont la lourde responsabilité de vous juger, pour qu'ils vous comprennent avant de se prononcer en leur âme et conscience. »

Étienne se raidit derrière le micro. Sa bouche est sèche à cause des médicaments qu'il ingurgite depuis son arrestation, bien que leur dosage ait été allégé pour le procès. Il balaie la salle de son regard tordu, s'attarde sur les parents d'Antonin, qui semblent vieillir à vue d'œil. Il lève la tête pour dévisager, en face de lui, cet avocat général dont il a oublié le nom et qui le fixe en retour. Frank Damiens sent que le moment du tout pour le tout est arrivé. Il se tourne vers lui.

« Parlez, Étienne, encourage-t-il. Monsieur le président vous le demande. Les parents d'Antonin ont besoin que vous en disiez plus, vous voyez à quel point M. et Mme Perron sont malheureux depuis que leur petit garçon leur a été arraché. À vous aussi, on a pris un enfant, certes, cela n'a rien à voir, mais pouvez-vous ne pas être sensible à leur détresse, à leur soif de vérité ? Allez-y, Étienne. S'il vous plaît, parlez-nous de vous. »

Comme l'avait espéré l'avocat, l'allusion aux

événements de l'année zéro provoque une déflagration dans le crâne d'Étienne. Il ne sait pas par où commencer, son cœur s'emballe au fond de sa poitrine. Sa Majesté regarde ailleurs. Tous les journalistes ont les yeux rivés sur lui. Il a chaud. Il a peur. Il plonge.

« Je vais commencer par le début, alors. Je m'appelle Étienne. Je suis en itinéraire depuis longtemps avec Sa Majesté, pour effectuer la mission divine. Je n'ai pas tué le petit Antonin, je ne l'ai jamais vu. Je ne suis pas fou. Seul un sosie charnel aurait pu être assez dément pour commettre ce genre d'acte. Ou alors j'ai été téléguidé par un esprit démoniaque, qu'on appelle aussi un pilote, mais je ne crois pas. C'est archi-dommage pour le petit garçon. Vous voulez que je vous parle de moi, je peux le faire mais vous allez encore mal le prendre. Je suis le dernier de la famille, j'ai deux sœurs. Mon père était à l'origine chaudronnier hautement qualifié, mais il créait des inventions pour colmater les os cassés des mains. Il est mort d'un cancer. Quand il était à l'hôpital, j'étais le seul à aller le voir. Il n'était pas fou, lui non plus, c'est sa tête qui a dévissé.

«Je ne me suis pas fâché avec ma famille. C'était assez spécial, on ne se parlait pas beaucoup, on ne prenait pas nos repas en même temps, par exemple. Ce que j'aimais, c'était les bains, avec des bougies tout autour de la baignoire, à cause de la lumière spéciale et de l'odeur. Quelquefois, l'eau débordait, je me faisais disputer par ma mère, elle ne me comprenait pas. À un moment, je n'ai plus voulu voir ma famille. C'est pour ça que je suis parti, quand j'avais environ 20 ans ou peut-être un peu moins, c'est loin… J'avais arrêté mes études en troisième, après, j'ai fait des apprentissages en boulangerie-pâtisserie. Je n'ai pas eu le CAP, cela ne m'intéressait pas beaucoup, il n'y a pas de Dieu dans ces endroits. J'ai travaillé un peu dans des boulangeries, mais ils ne voulaient pas embaucher d'employés, comme par hasard. J'ai aussi travaillé à Paris, à la cantine des PTT, mais ils ne m'ont pas gardé, je n'ai pas eu de chance.

«Je n'ai pas fait mon service militaire, je n'aime pas l'armée, ni les armes. J'ai été réformé, je ne sais pas pour quelle raison, ils ont mis ce qu'ils ont voulu. En fait ils m'ont réformé soi-disant fou, ils ont mis P4, n'importe quoi. Ils ont bâclé l'affaire.

Je n'ai pas tué Antonin, je ne l'ai jamais vu. Je ne suis pas fou. De toute façon, j'avais commencé mes voyages avec Sa Majesté, avec Sylvia si vous préférez. Deux gendarmes nous ont vus, comme par hasard, comme si on les avait prévenus : j'étais suivi par des avions de chasse. J'avais rencontré Sylvia dans un café, au moment où je partais de chez moi, j'avais 19 ans, en fait, ou 18. Elle tirait les cartes, il s'est passé une chose, ça va vous paraître bizarre, pas un truc grave, pas un coup de foudre, une chose qui ne correspond pas à ce qui a été écrit. Je suis parti avec elle. On a eu un enfant, qu'on n'a pas eu le temps de connaître, malheureusement. Quand Sylvia a accouché, des gens ont décidé qu'on ne pouvait pas garder le bébé, les gens ont préféré qu'on fasse faire une adoption secrète. J'aurais bien aimé l'élever, moi, le bébé, qui était une fille, on avait acheté plein d'affaires, dépensé beaucoup d'argent, c'est resté en plan. J'ai énormément de regrets, Sylvia aussi : avoir un enfant, c'était un rêve, tout le monde en a envie, comme d'avoir une belle existence, une belle maison, mais ce n'était pas évident de se fixer quelque part à cause de la mission.

« Dieu n'a pas décidé que ça devait arriver comme ça pour moi. Dieu ne se trompe pas, il fait zéro erreur, comme Sylvia, que j'appelle Sa Majesté. Au début, on a tous zéro erreur. Mais après, des gens se relaient pour vous faire faire des erreurs, et ils sont des centaines de milliers, bien sûr. Si vous faites trop d'erreurs, à un moment vous perdez toutes les connaissances de magie. Je le sais. Je ne suis pas fou. Je n'ai pas tué Antonin.

« Quand Dieu nous crée, il le fait par des formules magiques, dans d'autres univers. Le corps est une magie. Le corps de la femme crée le clonage du bébé, mais pas son esprit. L'esprit, lui, est dans les spermatozoïdes de l'homme. Chaque personne est équipée d'une boîte grande comme un ordinateur, qui parle. Il y a également des ordinateurs avec des baromètres de toutes sortes : bonheur, liberté, savoir, magie… Les formules magiques sont données par Dieu, ce sont les obligations divines. Il existe des obligations divines qui disent qu'il faut sacrifier les innocents, mais je n'ai pas tué Antonin. Un jour, je discutais avec un homme et une femme, ça remonte à plusieurs milliers d'années. Ils me disaient ce qui allait m'arriver. On me lisait mon destin, vous comprenez? Ils m'ont dit: "Un jour tu te retrouveras en prison pour la mort d'un enfant qui s'appellera Antonin." Dans toutes les vies antérieures des personnes, il y a des enfants qui meurent.

«Les gens qui sont créés innocents ont des karmas de misère, on les empêche de faire leurs obligations divines pendant plusieurs milliers d'années. Moi, j'ai été créé innocent, je le sais. On m'a empêché de faire mes obligations divines, je ne les connais pas toutes. Même Sa Majesté a eu des problèmes avec ça. Chaque créature est créée avec des milliers de clonages, on a tous un clonage de Belbar en nous, c'est un clonage de tentateur. On a tous aussi un clonage de Jésus-Christ et de Bouddha. Les gendarmes ont voulu me faire cracher le morceau, j'ai dit des choses que je n'avais pas envie de dire. Je ne suis pas d'accord avec tout ce qui se passe maintenant. Ces questions que vous me posez, on me les a déjà posées plein de fois, j'en ai assez de répondre. Je n'ai pas tué le petit Antonin. Je n'ai jamais vu le petit Antonin. Je ne suis pas fou.

«Avec Sa Majesté, on a fait des voyages, mais je

préfère ne pas trop en parler. Je m'occupais de ces voyages avec les cartes routières, c'était mon boulot, un boulot important que m'avait confié Sa Majesté. Je faisais de l'auto-stop pour nous deux, on avait aussi le chat en laisse mais c'est bien, un chat, pour aider les boîtes à vœux à fonctionner. Souvent, on dormait dans des églises, ou les locaux des paroisses que les gens nous prêtaient. On est allés une fois au Vatican, il y a des chambres individuelles pour les couples, on a connu le pape Jean-Paul II, on a discuté avec lui. Au Vatican, il y a des prêtres qui prient en permanence pour exorciser la nourriture du pape, je les ai vus et ils ont exorcisé aussi ma nourriture et celle de Sa Majesté parce que le pape le leur a demandé.

« Je ne sais pas si les gens comme les jurés peuvent me comprendre ici, ça dépend de leur ouverture d'esprit. Si on expliquait dans un tribunal de Gaulois qu'un jour, il y aurait des télévisions et Internet, tout le monde dirait qu'on est fou. Je vous demande de vous mettre à ma place, vous me répondez tous que c'est difficile, mais il faut essayer, vous verrez. Je ne suis pas fou. Je ne suis pas malade. Je n'ai pas besoin qu'on me soigne. Je n'ai pas tué le petit Antonin, je n'ai jamais vu cet enfant.

« Là on vit sur la Terre mais il y a des choses qui n'existent pas sur la Terre, il y a de la vie dans d'autres univers. Sa Majesté et moi, on était en mission divine, on faisait des circuits-missions depuis perpète pour débloquer les accords de finances internationaux et remettre en marche l'horloge du destin. C'est Sa Majesté qui m'a engagé. Elle prenait les décisions à l'échelle internationale. J'exécutais ses ordres, ses souhaits, on remettait en route le fonctionnement du monde. Dans le contrat, j'avais droit à une carte Visa mais cela ne s'est pas fait car le président de la République n'a pas respecté les accords. Sa Majesté est une incarnation de Dieu sur terre, une divinité. Moi, j'ai un certain niveau d'élévation spirituelle. J'ai aussi le titre de roi d'Australie. Je ne l'ai jamais dit à personne, mais le directeur du Centre international de recherches, qu'on appelle le CIR, c'est moi. Je peux faire arrêter les gens qui bloquent les systèmes en place. Je peux intervenir contre les commandos qui cherchent à nuire. Je suis général major supérieur de la légion française en boîtes à vœux. C'est difficile de parler de tout ça avec vous car vous n'êtes pas dans les boîtes à vœux.

« Un soir, je me suis disputé avec Sa Majesté, les choses n'allaient plus comme avant. J'ai pensé qu'il faudrait faire un retour en arrière, qui est une magie, pour que tout se remette en ordre. Le retour en arrière peut se faire en automatique, ou pas, ça dépend. Je ne suis pas responsable de ce qui s'est passé. On dit que mon sang a été retrouvé sur l'enfant Antonin, que je ne connais pas, qu'on me voit courir dans le village sur un film tourné par une caméra cachée, mais ce n'est pas moi qui ai fait ça. C'est peut-être mon clone. Vous m'avez demandé si je sais ce que c'est que l'ADN : j'ai 250 milliards de frères jumeaux, c'est vrai, on a tous le même ADN, mais je ne veux pas revenir là-dessus. Je sais qu'Antonin a souffert, qu'il est mort atrocement à cause de coups de couteau mais combien, ça je ne sais pas, je n'ai pas compté, je ne suis pas responsable. Je pense que quand on meurt, on réincarne.

« Inutile d'insister, ce n'est pas moi. Tout ça parce que je n'ai pas réussi à faire mes obligations divines ; c'est comme un bateau qui se remplit, il faut toujours écoper, l'eau monte et elle baisse en même temps, on a peur de disparaître, forcément. Je n'ai pas su écoper. Personnellement, je pense que je ne mérite pas ce destin-là. Vous aussi, vous pouvez un jour tuer quelqu'un, il ne faut jamais jurer de rien. Aujourd'hui c'est moi, demain peut-être vous. Je ne veux pas endosser ça, je ne le mérite pas.

« Je sais que mon avocat est réputé, mais je trouve qu'il a des défaillances. Beaucoup de défaillances. Il n'est pas ceinture noire, plutôt ceinture jaune. Je ne suis pas malade, s'il continue à dire ça, je vais changer d'avocat. Il a lu ce matin une lettre que j'ai écrite à ma mère, ça ne me plaît pas tellement, je trouve ça déplacé, comme si un gendarme vous demandait de vous mettre tout nu. Vous ne serez plus mon avocat ! Vous m'offensez, c'est une offense pour moi. Je préfère la mentalité des avocats américains, ils défendent leurs clients, eux. J'ai écrit au président américain, au gouvernement britannique et au Kremlin pour les prévenir que les Allemands vont redevenir nazis et envahir la France. Aux États-Unis et en France, il y a des voyants qui se réunissent chaque année. Ils font de la recherche sur le futur et informent les gens du gouvernement. Le FBI et les généraux de l'armée américaine ont aussi recours à des médiums. En France, moins, ça passe pour tabou.

«En prison, je fais des prières à Dieu, je me rappelle beaucoup, maintenant, mes vies antérieures.

«Voilà. C'est tout.»

Un silence sépulcral s'abat sur la cour d'assises. Étienne se rassied. Personne ne songe à lui poser la moindre question. Le président Laplanche est abasourdi, l'avocat général se demande s'il ne va pas devoir réécrire l'intégralité de son réquisitoire. Sylvia ne bronche pas. Frank Damiens ressent un immense soulagement, mais se retient de le trahir : enfin son client est apparu tel qu'il est. Pendant son interminable monologue, l'avocat observait discrètement les jurés et les journalistes. Il a vu que le trou noir de la folie avalait les assises.

L'heure du bon sens

Le président reprend ses esprits le premier.

« Maître, dit-il à Frank Damiens, votre client vient de laisser entendre qu'il voulait vous récuser, souhaite-t-il le confirmer ? »

Prosper Laplanche envisage le pire. Si Étienne récuse son conseil, il lui reviendrait de commettre d'office un autre avocat pour le défendre, mais l'intéressé, forcément, demanderait un délai de plusieurs semaines pour prendre connaissance du dossier, et il faudrait renvoyer le procès à une date ultérieure, tout reprendre de zéro…

Me Damiens n'en a aucune envie, lui non plus. Le verdict est proche, il souhaite que les jurés partent délibérer avec l'invraisemblable déclaration d'Étienne encore fraîche dans leur mémoire. Il demande l'autorisation de s'entretenir en tête-à-tête avec son client.

« Une suspension de vingt minutes, maître ?

– Je préférerais quarante-cinq, monsieur le président. »

Frank Damiens retrouve Étienne dans la pièce minuscule, derrière le box. Sylvia a été conduite dans une autre geôle. Étienne est tout rouge, encore essoufflé de sa tirade prononcée d'une traite, et très remonté :

« Je vous avais prévenu, et vous continuez quand même à faire croire que je suis fou, j'en ai marre, je veux un autre avocat. »

Damiens l'apaise :

« Pardonnez-moi, Étienne, j'ai été maladroit. Je vous promets que je ne lirai plus de courriers de vous à votre maman. Mais si vous changiez d'avocat, cela pourrait nuire à Sylvia. Me Rezah a fait du très bon boulot pour Sa Majesté, elle va être acquittée, c'est sûr. Si le procès est renvoyé et recommence avec d'autres jurés, plus rien n'est certain. »

Étienne réfléchit. Pour sauver Sa Majesté, il est prêt à tout. Il consent à garder Damiens.

L'audience reprend. Le président demande à Étienne de se lever.

« Qu'avez-vous décidé en ce qui concerne votre défense ? »

Étienne répond :

« Je garde Me Damiens, mais il ne lira plus mes lettres. »

Frank Damiens :

« Je ne le ferai plus. »

Le président, les jurés, le public, tout le monde est soulagé. Le procès ira à son terme.

L'heure est venue des grands moments d'éloquence. Me Simon Bordin ouvre le bal, au nom des Perron. Avec délicatesse, il évoque la mémoire d'Antonin. Ses clients pleurent à chaudes larmes derrière lui. Il cite quelques grands auteurs, se réfère au psychanalyste Georg Groddeck, qu'il affectionne, pour proposer une lecture du chaos d'Étienne. Selon lui, le délire de l'accusé est relatif et, en dépit des apparences, il serait malhonnête de ne retenir que son monologue pour en déduire qu'il est fou. Mais il n'en fait pas trop, s'arrête avant de devenir longuet. *Beau travail*, pensent ses confrères de la défense.

L'avocat général se lève. L'heure du réquisitoire a sonné. Un frémissement parcourt le public. En dépit du délire d'Étienne, Jacques Dupuy n'a pas fondamentalement retouché son canevas. Il se fait fort de ramener les assises sur les rives de la raison.

Étienne écoute Jacques Dupuy avec une attention religieuse. Il raconte sa propre histoire bien mieux qu'il ne saurait le faire lui-même. Il lui donne un sens et le conduit à s'interroger. À mesure que l'homme en rouge développe son réquisitoire, Étienne voit défiler vingt ans de sa vie. Est-il réellement cet homme puissant, ce roi itinérant tombé à la merci de ses ennemis, comme il l'a déclaré aux gendarmes lors de son arrestation ? Il était alors plus accablé que révolté. Il intriguait tellement ses interlocuteurs que certains avaient l'audace de lui poser – à lui ! – la question de sa santé mentale. Cela, seulement cela, le mettait en colère. Étienne ne savait plus qui il était, il ne se souvenait pas de tout ce qu'il avait fait, mais il en était certain : il n'était pas « siphonné », comme l'avait suggéré à son collègue un gendarme qui croyait murmurer.

Assis dans le box de la cour d'assises à quelques

centimètres d'un radiateur brûlant, Étienne crève de chaud. Autour de lui, quatre policiers d'une unité d'élite, cagoulés, lourdement armés, portent un gilet pare-balles identique au sien, mais ils y sont habitués. Ils dépassent tous Étienne d'une bonne tête, leurs épaules sont plus larges que les siennes. On dirait qu'ils ne craignent ni le chaud, ni le froid, ni rien. Ils l'accompagnent partout, lui passent les menottes dès qu'il sort du box, les lui ôtent quand il y reprend sa place, s'assoient quand il s'assied, se lèvent quand il se lève. Ces hommes dont il ne voit jamais le visage sont gentils avec lui. Pendant les courts trajets entre la prison et le palais de justice, il leur arrive d'échanger des phrases banales sur le climat, la détention, le procès. Cela rappelle à Étienne les discussions avec les automobilistes, du temps de la mission. Les policiers évitent de serrer trop fort les bracelets de fer qui entravent ses poignets, contrairement aux gendarmes qui l'ont arrêté. Chaque fois qu'on lui passe les menottes, Étienne se souvient de ce jour où la mission s'est arrêtée. Ils allaient vers Lourdes, il faisait très chaud. Une douleur cuisante le torture à nouveau du dedans.

Un peu plus loin, à l'extrémité du même banc, est assise la femme qu'il aime. Sylvia évite de le regarder. Elle lui accorde à peine quelques mots pendant qu'ils attendent de comparaître, dans la geôle sans fenêtre qui pue le renfermé, la transpiration, le sandwich rassis, l'angoisse – la condamnation jouée d'avance. Chaque matin, l'avocate de Sylvia leur apporte des croissants. Sylvia trouve cela normal, comme elle trouve normal de ne pas payer d'honoraires à celle qui la défend : les questions d'intendance ne sont pas de son niveau. Elle grignote une viennoiserie du bout des dents, absorbée dans ses pensées. Étienne, lui, se sent heureux comme un enfant quand arrivent ces gourmandises. Il les dévore en essayant de ne pas mettre des miettes partout – Sylvia n'aime pas les saletés. Il ne pense à rien de spécial. Une seule chose lui importe : que la femme de sa vie ne soit pas condamnée.

Sylvia écoute elle aussi le réquisitoire, mais le trouve grotesque. Cet avocat général n'a, décidément, rien compris.

« Elle se fait passer pour une reine, une divinité, dit-il avec mépris. Mais qui peut croire une seule seconde à ses salades ? Oh, bien sûr, son “secrétaire” continue, devant vous, mesdames et messieurs les jurés, à lui donner du “Majesté”. Mais jusqu’à quand pensent-ils pouvoir vous gruger ? Si Sylvia est une reine, c’est celle de l’enfumage et de la manipulation. Elle a profité de la naïveté de son amant – quel amant n’est-il pas un peu naïf vis-à-vis de la femme qu’il aime ? – pour en faire un homme de main. C’est elle qui a armé son bras. Elle, qui lui a intimé l’ordre de commettre un “retour en arrière”, pour asseoir son emprise de manière définitive, lier pour l’éternité la destinée de son comparse à la sienne. Elle avait peur, tout bonnement, qu’il se lasse de la mission. La hantise de Sylvia, vous l’avez compris aussi bien que moi, c’est de se retrouver seule un beau matin. »

N’importe quoi. Peur d’être seule. Homme de main. Enfumage. Ce petit bonhomme en rouge horripile Sylvia. Elle se souvient du conseil de son avocate : « Quoi qu’il dise, vous ne bougez pas, vous ne répondez pas. »

La cour d’assises est pleine à craquer. Les hommes et les femmes qui patientent des heures durant pour voir « les monstres » qui ont tué « l'ange » sont parfois de mauvais parents qui battent leurs gosses ou les négligent, mais ce sont de parfaits citoyens qui viennent crier vengeance, sûrs de leur bon droit. L'avocat général est leur porte-parole, quels que soient leur condition sociale et leur âge. Les plus convaincus ont téléchargé une photographie de la petite victime, qui tient lieu de fond d'écran à leur téléphone portable. Beaucoup sont des vétérans de la marche blanche qui a suivi la mort violente de l'enfant. Il arrive qu'ils portent dans le prétoire un t-shirt à l'effigie de la victime, confectionné exprès pour cette procession populaire. Tous, surtout ceux qui ont déposé une peluche sur la tombe d'Antonin, ont le deuil mauvais. Ils veulent que le pire arrive à l'accusé et à « sa sorcière ». Ils n'hésitent pas à imaginer, en piétinant dans la rue balayée par la bise, les supplices les plus affreux qu'il conviendrait de leur appliquer. Ils espèrent que Jacques Dupuy, qui s'est présenté tout à l'heure en « avocat de la société », leur avocat à eux, demandera la peine maximale.

Dans le box, la présence de policiers athlétiques et cagoulés donne au spectacle une dimension sensationnelle. Les accusés ont l'air encore plus dangereux, encore plus coupables. Les braves gens qui auraient pu, du temps de la mission, les prendre en auto-stop, les nourrir, les héberger, les regardent aujourd'hui avec haine. Jacques Dupuy parle de ces bons samaritains dupés, hier, par « les deux futurs criminels ». Étienne et Sylvia n'ont pas fait peur à grand monde pendant qu'ils accomplissaient leur périple. À présent qu'ils sont assis dans un box, dans une posture raidie par le gilet pare-balles invisible, ils sont effrayants. L'avocat général insiste : voilà deux individus dangereux pour la société.

Étienne n'a écouté ni les rumeurs ni les ricanements qui parcouraient l'assistance pendant les débats. Il ne prête pas non plus attention aux journalistes qui le dévisagent. Serrés les uns contre les autres dans l'enclos qui leur est réservé, ils sont facilement reconnaissables à leur badge, aux calepins qu'ils noircissent, aux airs entendus qu'ils adoptent. Ni Étienne ni Sylvia ne lisent les journaux. Ils n'ont pas la télévision dans leur cellule. Toute cette agitation les indiffère. Ils sont là pour se faire juger, pas pour juger les autres.

Souvent, l'avocat général plonge ses yeux dans ceux d'Étienne. Ce regard lui rend vie, cette vie que Sylvia lui refuse désormais. Elle avait fait de lui un roi. Au bout de vingt ans, elle l'a rejeté. Des gendarmes l'ont menotté trop serré. On l'a jeté dans un cachot. On lui a posé des centaines de fois les mêmes questions. On l'a sorti de sa cellule en laisse, comme un chien. On lui fait encore avaler tous les matins des médicaments qui l'abrutissent. Jusqu'à son avocat qui s'obstine, malgré ses instructions, à le faire passer pour fou et qu'il a dû menacer de virer. L'homme en rouge donne du sens à chaque étape de sa vie. Ces bains qu'il laissait déborder trahissent une asocialité précoce. Son échec au CAP de boulangerie signe sa paresse. Sa décision de suivre Sylvia sur la route est la preuve qu'il ne voulait pas assumer ses devoirs de citoyen. La naissance puis l'abandon de leur enfant sont le fruit de l'inconséquence d'Étienne et de sa compagne, de sa complice. Jacques Dupuy parle bien, sans presque regarder ses notes. L'histoire qu'il raconte coule de source, Étienne en est le héros. C'est une grande qualité, pour un avocat général, que de savoir rendre simples

les choses complexes : la simplicité est la meilleure alliée des lourdes peines.

Il en vient à présent au crime. Étienne a toujours nié l'avoir commis. Pourtant, il se retrouve dans le récit que le magistrat propose aux jurés attentifs pour démontrer le contraire : tout ce qu'il dit est vrai. Sauf quand il imagine que Sylvia et lui étaient « comme une reine et son bouffon ». Il n'était pas un bouffon. Mais ce n'est pas grave, elle reste une reine. Le plus important, c'est que l'avocat général sache qu'Étienne n'est pas fou à lier. Tuer un enfant inconnu de quarante-deux coups de couteau, une nuit, dans un bourg où on n'avait jamais mis les pieds, « ce n'est pas l'acte d'un dément, affirme le magistrat. L'accusé a parfaitement suivi les débats, j'ai vu que vous l'aviez remarqué, mesdames et messieurs les jurés. Juger, c'est du bon sens, voilà ce que c'est ! ».

Dans la salle, le public approuve d'un murmure. Étienne est rassuré. Si tout va bien, si les jurés approuvent aussi cette présentation des faits, il ira en prison, pas à l'hôpital.

Jacques Dupuy va maintenant démontrer la

culpabilité des accusés. Pour le magistrat, tout est « évident ». Évident, que Sylvia est la tête du binôme. Évident, qu'Étienne n'aurait rien entrepris sans son ordre. Évident, le mobile de ce « massacre d'un innocent » : c'est le « retour en arrière, théorisé par celle qui se fait appeler "Majesté", et mis en œuvre par celui qui se revendique encore aujourd'hui comme son secrétaire ». Pourquoi est-ce évident ? « Parce que tout le démontre ! », tonne l'homme en rouge qui passe sur la folie du meurtre le Ripolin de la raison ordinaire. À la fin de son propos, il se fait solennel. Il requiert contre Étienne la réclusion criminelle à perpétuité. Et demande trente ans pour Sylvia, « qui n'était pas sur les lieux au moment de cet abominable crime rituel sorti d'un cerveau pervers ».

Le président suspend l'audience. La salle se vide.

« Très bien, l'avocat général, résume un homme au physique de gentil grand-père. Mais un peu trop coulant avec la femme du monstre, je trouve. »

Maître, vous avez la parole

Pendant près de trois heures, Afsaneh Rezah se bat pour tirer Sa Majesté du mauvais pas dans lequel elle se trouve.

« L'évidence, monsieur l'avocat général, et vous le savez très bien, c'est que Sylvia n'a rien fait. Rien. Et là, oui, je vous rejoins : tout le démontre. »

L'excessive sévérité d'un réquisitoire est souvent, paradoxalement, la meilleure alliée de la défense. Les bons pénalistes savent retourner des arguments mal étayés comme des chaussettes. Dans ce dossier singulier, il n'y a pas de principe qui tienne, tout marche à l'envers, il faut se battre contre une folie contagieuse. L'avocat général a été intraitable, il s'en est remis au bon sens, autant dire qu'il a abdiqué devant l'absence de preuves contre Sylvia. Me Rezah, impériale, démolit une à une les charges qui pèsent sur la déesse des esprits. Elle réclame l'acquittement.

Exténuée, l'avocate encourage son confrère Damiens, qui va lui succéder au micro. Malgré son expérience, il n'a pas un moral éblouissant. Il se demande comment il va pouvoir soutenir qu'Étienne est un malade mental, au risque que son client l'interrompe et le débarque en pleine plaidoirie. La sonnette indique la reprise de l'audience.

« Maître Damiens, vous avez la parole », dit le président.

L'avocat hurle d'emblée, afin que les jurés mesurent l'étendue de sa colère :

« Vous savez ce que m'a ordonné de plaider Étienne ? L'acquittement, mesdames et messieurs les jurés ! L'acquittement ! C'est évident, n'est-ce pas, monsieur l'avocat général ? Le bon sens démontre qu'il peut être acquitté, bien sûr ! Son ADN sur le corps d'Antonin, son image captée par la caméra de la banque, mais comme c'est beau, l'évidence ! Pour moi, il n'existe qu'une certitude : cet homme est prisonnier d'un délire chronique. Souvenez-vous de ce qu'il vous a dit : "J'ai 250 milliards de frères jumeaux, c'est vrai, mais je ne veux pas revenir là-dessus." Et tout le reste : la lettre à Washington, Belbar, la carte Visa pour payer les frais de la mission divine, etc., etc. »

Frank Damiens a trouvé son rythme de croisière. Il a capté l'attention des jurés. Parfois, il s'approche d'eux et se met à chuchoter, assez fort pour que la presse l'entende. L'avocat a le pressentiment qu'il en a particulièrement accroché trois, bien que ceux-ci s'efforcent de ne trahir aucune émotion. Le numéro 2, une femme de 63 ans aux traits doux, assistante maternelle, que l'avocat général pensait acquise à sa cause du fait de sa profession. Le numéro 6, un homme grand et maigre, sans emploi, qui prenait beaucoup de notes quand la défense intervenait. Le numéro 9, une femme de 45 ans, cadre informatique, qui regarde Étienne avec l'air de celle qui cherche à comprendre. L'avocat mise sur ces trois-là pour faire basculer le délibéré, tout à l'heure. Il sait qu'il se trompe peut-être, mais il a besoin de croire que sa parole ne se heurte pas à des juges indifférents. Alors il choisit ceux qu'il aimerait convaincre en priorité et pense à son film préféré, *Douze Hommes en colère*.

De temps en temps, alors qu'il a de nouveau poussé le volume à fond, il se tait d'un seul coup, pour que le silence saisisse la cour et plaide à sa place. Mieux que n'importe quels mots, les syncopes muettes de l'avocat disent le néant de la raison d'Étienne. Me Damiens veut convaincre que ce procès est politique.

« La ministre de la Justice a ordonné qu'il soit condamné alors qu'il doit être soigné : allez-vous obéir à un ordre de Paris ? Non ! » S'adressant à chacun des neuf jurés, un à un, en regardant intensément les numéros 2, 6 et 9. « Vous allez désobéir, madame, vous allez désobéir, monsieur, parce que vous, madame, vous, monsieur, qui avez prêté serment, vous avez vu et entendu Étienne, contrairement à la ministre de la Justice. Pour le condamner à une peine de prison, il faudrait le sortir aux forceps de sa boîte à vœux ! C'est impossible, c'est absurde. Il est coupable, mais sa place est à l'hôpital. Ce n'est pas une bête, pas un monstre que je défends. La folie absolue est ici, derrière moi, tout le démontre, monsieur l'avocat général, à commencer par Étienne lui-même. Il m'a donné le droit de tout dire, sauf qu'il est fou ! Il existe dans notre droit un principe fondamental : on ne juge pas les grands malades mentaux, c'est l'article 122-1 du Code pénal. »

Il en ouvre un exemplaire et lit le texte bien qu'il le sache par cœur, pour que les jurés ne croient pas qu'il en invente un seul mot. Un silence.

« Mais cette personne que le législateur a voulu tenir à l'écart du système pénitentiaire, c'est Étienne, reprend Frank Damiens. C'est le général major supérieur de la légion française en boîtes à vœux, c'est le roi d'Australie, c'est le directeur du Centre international de recherches ! Vous avez le pouvoir, mesdames et messieurs les jurés, de faire œuvre de courage, de faire œuvre de justice, de faire œuvre d'humanité. Vous allez déclarer qu'Étienne est irresponsable, et il sera soigné dans un hôpital pour le restant de ses jours. J'ai confiance en vous. »

Étienne est furieux. Il boude. Le président lui demande de se lever.

« Avez-vous quelque chose à ajouter pour votre défense ? »

L'accusé fait non de la tête et se rassied.

« Et vous, madame, avez-vous quelque chose à ajouter pour votre défense ? »

Me Rezah lui chuchote : « Soyez brève. »

« Je suis désolée pour les parents d'Antonin. Je n'y suis pour rien », articule Sylvia.

Excellent résultat

Le moment préféré du président Laplanche – le délibéré – va bientôt commencer. Pour Sylvia, l'enjeu est considérable : condamnation ou acquittement ? Pour Étienne, il l'est aussi, mais de manière plus symbolique : les jurés vont-ils décider de l'incarcérer ou, comme son avocat les en a suppliés, de l'interner ?

Le président abandonne pour la première fois le ton patelin qu'il adopte depuis l'ouverture du procès. Il lit de manière solennelle l'article 353 du Code de procédure pénale : « La loi ne demande pas compte à chacun des juges et jurés composant la cour d'assises des moyens par lesquels ils se sont convaincus, elle ne leur prescrit pas de règles desquelles ils doivent faire particulièrement dépendre la plénitude et la suffisance d'une preuve ; elle leur prescrit de s'interroger eux-mêmes dans le silence et le recueillement et de chercher, dans la sincérité de leur conscience, quelle impression ont faite, sur leur raison, les preuves rapportées contre l'accusé, et les moyens de sa défense. La loi ne leur fait que cette seule question, qui renferme toute la mesure de leurs devoirs : avez-vous une intime conviction ? »

Frank Damiens et Afsaneh Rezah, les yeux clos, récitent à voix très basse ce texte qui les bouleverse chaque fois qu'ils l'entendent, et qui résume à la fois leur angoisse et leurs espoirs. Étienne cherche à capter le regard de Sylvia, qui le fuit ostensiblement.

La cour et les jurés se retirent.

Après sept heures de délibération, ils sont de retour. Les citoyens tirés au sort ont le teint hâve, les mâchoires serrées. Me Damiens tente d'accrocher leur regard, en vain. L'assistante maternelle, le chômeur et la cadre informatique, qui semblaient captivés par sa plaidoirie, sont redevenus les numéros 2, 6 et 9. Prosper Laplanche est égal à lui-même, il a le sourire satisfait de celui qui a bien fait son travail.

Il énonce le verdict, rendu à la majorité de huit voix sur douze au moins : perpétuité pour Étienne, acquittement pour Sylvia. La déesse des esprits est condamnée à une courte peine de prison pour destruction de preuves – sa détention provisoire couvre presque entièrement la durée de la peine, elle sortira dans moins de deux mois.

Prosper Laplanche lève l'audience.

Étienne et Sylvia sont reconduits dans la petite pièce attenante au box. Afsaneh Rezah y rejoint sa cliente, pour lui expliquer qu'elle va devoir patienter quelques brèves semaines en prison avant de recouvrer la liberté. « Ne vous inquiétez pas, je m'occupe de tout. » Sa Majesté aurait préféré sortir tout de suite, mais soit.

Frank Damiens apparaît sur ces entrefaites. Les yeux cernés, livide, il vient de faire une déclaration désabusée aux journalistes massés devant la porte des assises, dans laquelle il a dénoncé « une volonté politique de juger Étienne coûte que coûte, quel que soit son état mental ». Quand il reconnaît l'avocat qu'il menaçait de débarquer il y a peu, le visage du condamné s'illumine. Il se dresse d'un bond et lui lance :

« Bravo, maître, excellent résultat ! Vous avez une carte de visite ? »

Étienne et les hobbits

Le fracas du procès est retombé. Les équipes de télévision ont remballé leur matériel tard dans la nuit, après d'ultimes directs devant la façade lugubre du palais de justice déserté. La presse écrite et les radios sont parties depuis longtemps. La brasserie d'à côté, dont le chiffre d'affaires a explosé pendant les deux semaines qu'ont duré les débats, retrouve son calme – les serveurs s'ennuient, ils se souviendront longtemps de l'atmosphère survoltée du restaurant bondé de reporters et d'avocats s'interpellant de table en table, sous le regard fasciné des habitués et des badauds attirés par le procès.

Le grand quotidien local a bouclé sa dernière manchette sur la mort d'Antonin. En titre :

«JUSTICE?», avec un point d'interrogation plus gros que les lettres capitales. L'éditorialiste se félicite de la condamnation du roi d'Australie mais s'interroge sur l'acquittement de la déesse des esprits. Il a passé un coup de téléphone à son ami, le procureur général Gendron, pour lui soutirer une ou deux formules bien senties. Le haut magistrat lui en a livré une sur les jurés, dont le journaliste a fait la chute de son billet: «Bon sens populaire ne rime pas toujours avec vérité judiciaire.»

Le verdict laisse Paul Fréval perplexe. Le directeur des affaires criminelles et des grâces, qui occupa un temps la fonction d'avocat général aux assises, voit dans l'acquittement de Sylvia, accusée sans preuve digne de ce nom, une marque de courage de la part du jury. En son for intérieur, il regrette que l'assassin n'ait pas bénéficié de la même audace, que l'hôpital psychiatrique ne l'ait pas emporté sur le cachot, mais il garde ses commentaires pour lui. Les communicants dissuadent la garde des Sceaux de publier un communiqué sur la sentence: «Ce ne serait pas adroit pour vous de commenter une décision de justice», argumente Samuel Guesclin.

La veille, on avait convaincu le ministre de l'Intérieur, qui trouvait pourtant son idée excellente, de ne pas se rendre sur place pour entendre le verdict comme un simple citoyen, au milieu du public.

Le président Laplanche a commencé à étudier les dossiers de sa prochaine session d'assises. Il a démenti, dans un long entretien accordé au quotidien local, avoir dîné avec l'avocat général la veille du réquisitoire et l'avoir renseigné sur l'état d'esprit des jurés après le monologue délirant d'Étienne. Frank Damiens avait soutenu, sur les chaînes d'information en continu, qu'un tel dîner avait eu lieu, et l'avocat se scandalisait de ce « mélange des genres, ces petits arrangements entre hermines sur le dos d'un malade mental irresponsable ». « Je me réserve le droit de poursuivre en justice l'auteur de ses assertions diffamatoires, gravement attentatoires à mon honneur de magistrat », menace, dans l'entretien, le président Laplanche, qui n'en fera rien. À la question « la décision concernant les accusés a-t-elle été prise à l'unanimité ? », le président répond, dans le journal, par un très sec : « Secret du délibéré ». En réalité, il raconte « en off » aux journalistes que les jurés semblaient enclins à prononcer une peine moins définitive : « Il a fallu que je reprenne les choses en main, ça partait dans tous les sens, comme la déclaration d'Étienne. »

Le procureur Dupuy est un peu sonné par ces deux semaines. Il s'interroge : pourquoi n'est-il pas parvenu à convaincre les jurés de la culpabilité de Sylvia ? Il se demande aussi quelle sera l'influence de ce verdict en demi-teinte sur la suite de sa carrière. Le coup de fil que lui a passé le procureur général l'a inquiété, en dépit de son apparente bienveillance – « Vous avez fait ce que vous avez pu, monsieur l'avocat général ». La substitute Laetitia Peri l'a félicité pour son réquisitoire, qu'elle n'a pourtant pas trouvé formidable. Le capitaine Marny et elle, que ce dossier a soudés professionnellement, échangent longuement au téléphone, tard dans la soirée : « C'est peut-être mieux comme cela. Mieux pour Sylvia, je veux dire », admet la magistrate. « C'est vrai qu'on n'avait pas grand-chose sur elle », convient l'officier. Laetitia Peri regrette que son mari soit de garde ce soir. En éteignant la lumière, elle vérifie que son portable est resté allumé.

Les parents d'Antonin sont retournés chez eux avec leur chagrin et leurs questions sans réponse. Leur avocat, qu'ils ne reverront plus jamais en dépit de sa promesse de venir les saluer « au moins une fois l'an », passe souvent à la télévision dans le cadre de sa campagne pour les législatives. Il en profite pour exiger une nouvelle loi qui durcisse les conditions de l'irresponsabilité pénale. Une fois élu député sur une liste d'extrême droite, Simon Bordin ne déposera jamais de projet en ce sens.

La mère d'Étienne est rentrée chez elle avec son chagrin intact. Elle sait qu'à nouveau elle a perdu son fils pour longtemps, mais le verdict l'a confortée dans l'idée qu'il n'est pas fou. Elle prend l'habitude d'écrire de longs courriers à Frank Damiens qui, peu à peu, cesse de lui répondre.

Afsaneh Rezah, dont la notoriété a bondi, n'a pas abandonné Sylvia après son acquittement. Elle a remué ciel et terre pour lui trouver un point de chute à sa sortie de prison – une sortie discrète, six semaines après la fin du procès. Par le biais d'une association, elle a dégoté in extremis une solution adaptée à la psychologie particulière de Sa Majesté dont l'adresse, à ce jour, n'a jamais été révélée à quiconque. Sylvia habite au sein d'une sorte de communauté qui a vite appris à composer avec ses rêveries grandioses. Elle rend de menus services et, lors d'une de ses rares sorties, a acheté un carnet neuf pour y coucher ses nouvelles prophéties.

Étienne est retourné en cellule le cœur léger, soulagé que Sa Majesté ait été innocentée du crime qu'il persiste à nier. Il a été transféré dans un établissement pour longues peines, où il est soumis à un régime spécifique car les tueurs d'enfants vivent généralement sous la menace permanente des autres détenus. Il ne pose aucun problème aux surveillants, prend les médicaments qui lui sont prescrits. Les autres prisonniers ont très vite acquis la certitude de sa folie et ce statut de victime d'une demi-erreur judiciaire lui vaut de ne pas être la cible de brimades.

Il a envoyé plusieurs lettres à Sylvia pendant qu'elle était encore incarcérée, mais elle ne lui a pas répondu – a-t-elle seulement lu ces courriers? Quand il a su qu'elle avait recouvré la liberté, il a demandé à être reçu par le directeur de la centrale.

Il voulait connaître l'adresse de Sylvia, mais le directeur n'a pas pu, ou pas voulu, la lui donner. C'est l'une des rares fois qu'il vu ce détenu en colère: «Comment ça, vous ne savez pas où elle habite? Moi, j'ai bien trouvé l'adresse du président des États-Unis.» Il a fini par renoncer. Il a alors réclamé les carnets de Sylvia, placés sous scellés, pour les relire et ne rien oublier de son enseignement. Des photocopies lui suffiraient. Nouveau refus. Étienne a pleuré en silence, très longtemps, une fois la porte de sa cellule refermée sur lui.

Sur les conseils des surveillants et du médecin qui le suit, il est allé emprunter un livre. Le détenu chargé de la bibliothèque de la prison lui a demandé quel genre de sujets l'intéressait. Étienne n'est pas un grand lecteur. Alors il a parlé de la déesse des esprits, des boîtes à vœux, du gidamagic, des créatures fantastiques, Goldorak, Belbar et Anacimsabre, avec lesquelles il communique. Le détenu qui, dans le lot, ne connaissait vaguement que Goldorak, lui a conseillé de prendre *Le Seigneur des anneaux*.

Le livre de Tolkien fascine Étienne. Il le lit, le relit, et découvre à chaque fois un sens nouveau à cette histoire peuplée de hobbits, de mages, d'elfes et de forêts qui marchent.

Il s'étonne qu'il ne soit pas question de boîtes à vœux.

Il reconnaît Belbar derrière le personnage maléfique de Sauron. Sous bien des aspects, il ressemble, lui, Étienne, au grand roi Aragorn.

Il trouve l'histoire magnifique.

Il croit qu'elle est vraie.

Post-scriptum

Ce livre est librement inspiré d'un fait divers: le meurtre, en 2008, du petit Valentin, par un déséquilibré, Stéphane Moitoiret. Celui-ci cheminait à travers la France depuis une vingtaine d'années avec sa compagne, Noëlla Hégo. Ils ont été respectivement condamnés, en appel, à trente ans de réclusion criminelle, assortie d'une peine de sûreté de vingt ans, et à cinq ans de prison.

Chroniqueur judiciaire, j'ai suivi leurs deux procès. J'ai eu accès à toutes les pièces du dossier et longuement échangé avec les avocats de la défense comme de la partie civile. Cette histoire est l'une de celles qui m'ont le plus marqué en vingt ans de journalisme judiciaire. J'ai vu comment l'institution judiciaire, utilisant des expertises psychiatriques comme des boucliers, s'est ingéniée à appliquer un vernis rationnel sur un dossier qui ne l'était pas. Et comment l'opinion publique est tombée dans ce panneau cartésien.

Je voulais, par le biais du roman – certains événements et personnages de ce livre sont imaginaires –, aborder différemment la problématique de la justice confrontée à la folie. Peut-on accepter que, de temps en temps, un criminel échappe à la prison parce que son crime échappe à la raison ? Les aliénistes et le législateur ont souhaité que les malades mentaux ne soient pas jugés comme des citoyens sains d'esprit. Pour s'assurer que l'accusé dispose d'une raison suffisante, l'expertise psychiatrique et psychologique est obligatoire dans les dossiers criminels. Notre Code pénal dispose, dans son article 122-1 : « N'est pas pénalement responsable la personne qui était atteinte, au moment des faits, d'un trouble psychique ou neuropsychique ayant aboli son discernement ou le contrôle de ses actes. La personne qui était atteinte, au moment des faits, d'un trouble psychique ou neuropsychique ayant altéré son discernement ou entravé le contrôle de ses actes demeure punissable. Toutefois, la juridiction tient compte de cette circonstance lorsqu'elle détermine la peine et en fixe le régime. Si est encourue une peine privative de liberté, celle-ci est réduite du tiers ou, en cas de crime puni de la réclusion criminelle ou de la détention criminelle à perpétuité, est ramenée à trente ans. La juridiction peut toutefois, par une décision spécialement motivée en matière correctionnelle, décider de ne pas appliquer cette diminution de peine. Lorsque, après avis médical, la juridiction considère que la nature du trouble le justifie, elle s'assure que la peine prononcée permette que le condamné fasse l'objet de soins adaptés à son état. »

Contrairement aux idées reçues, les experts psychiatres, seuls habilités à déterminer si un suspect est, ou non, responsable des actes qui lui sont prêtés au moment où ils ont été commis – indépendamment de la question de la culpabilité, qui concerne les jurés –, ne signent pas à tour de bras des « articles 122-1 ». Il est difficile de se faire passer pour fou auprès d'un praticien expérimenté. Les grands délirants sont rares : la plupart du temps, ils sont inoffensifs et vulnérables, et donc plus destinés à être victimes que coupables. En revanche, quand ils passent à l'acte, leur crime est généralement spectaculaire, atroce, car perpétré dans un accès de furie qui échappe à tout contrôle. Ils se font arrêter rapidement parce qu'ils ne se cachent pas, ou parce qu'ils se cachent mal.

« Déresponsabiliser » un individu est un geste lourd de conséquences, qu'aucun expert digne de ce nom ne pose à la légère. La mission du psychiatre est d'autant plus délicate qu'il doit se prononcer sur un crime commis des mois auparavant : il n'est pas facile de se transporter en arrière pour évaluer le degré de lucidité d'un individu qui se trouve, à présent, détenu et sous l'effet de neuroleptiques.

Après avoir été longtemps – et scandaleusement – tenues à l'écart de la justice pénale, les victimes en sont devenues des acteurs majeurs, pour de bonnes et de mauvaises raisons. Bonnes raisons, car il est naturel de leur permettre de suivre une procédure qui les concerne au premier chef. Mauvaises raisons, car les responsables politiques de tout bord, sensibles à l'émotion que causent les faits divers les plus retentissants dans le corps électoral, se sont lancés dans une surenchère. Les lois votées dans la foulée d'un chagrin national ne se comptent plus. Être victime était jadis le signe d'une malédiction ; c'est devenu un statut social à part entière. Les associations prolifèrent comme autant de « petits fonctionnaires de l'orthopédie morale », pour paraphraser Michel Foucault, et pèsent de tout leur poids sur les élus. Souvent, elles perturbent la bonne marche des procès en tentant d'en faire des tribunes.

Parmi les exigences déraisonnables avancées plus ou moins explicitement, l'une d'elles fait son chemin : celle de traduire systématiquement aux assises tout suspect de crime, y compris ceux dont la raison semble défaillante, quitte à laisser à des jurés tirés au sort le soin de déterminer qui est fou et qui ne l'est pas. Or, juger les aliénés est une très mauvaise idée. Rien n'est plus affligeant que le spectacle d'un délirant sommé d'expliquer son crime, pour la simple et bonne raison qu'il n'en existe pas de mobile rationnel. Confrontées à des explications absurdes ou à des bredouillements rendus inintelligibles par la médicalisation de l'accusé, les parties civiles sont victimes d'une nouvelle forme de violence dans l'enceinte de justice. Elles ont l'impression que l'accusé se moque d'elles, ce qui n'est pas le cas. Elles repartent frustrées, quel que soit le verdict. Je le sais. Je l'ai vu.

Ce livre n'a pas pour objet d'excuser les malades mentaux qui tuent des innocents. Le malheur qu'ils causent est insurmontable. Mais la justice n'est pas conçue pour demander de comptes à un cerveau détraqué. L'un des avocats de Stéphane Moitoiret, en plaidant, a cité quelques vers tirés d'un poème écrit en 1943 par Paul Éluard, dans un asile d'aliénés, « Le Cimetière des fous » :

Les inconnus sont sortis de prison
Coiffés d'absence et déchaussés
N'ayant plus rien à espérer
Les inconnus sont morts dans la prison
Leur cimetière est un lieu sans raison.

Quand elle prétend juger les fous, la justice, elle aussi, se coiffe d'absence.

L'exemplaire que vous tenez entre les mains a été rendu possible grâce au travail de toute une équipe.

COUVERTURE ET CONCEPTION GRAPHIQUE : Quintin Leeds
MISE EN PAGE : Soft Office
PHOTOGRAVURE : Axiome
RÉVISION : Emmanuel Dazin, Fabrice Émont et Isabelle Paccalet
FABRICATION : Maude Sapin
COMMERCIAL ET RELATIONS LIBRAIRES : Adèle Leproux avec Marie Bréhin
PRESSE ET COMMUNICATION : Alina Gurdiel
COMMUNICATION DIGITALE : Alice Huguet

RUE JACOB DIFFUSION : Élise Lacaze (direction), Katia Berry (grand Sud-Est), François-Marie Bironneau (Nord et Est), Charlotte Jeunesse (Paris et région parisienne), Christelle Guilleminot (grand Sud-Ouest), Laure Sagot (grand Ouest), Diane Maretheu (coordination), Charlotte Knibiehly (ventes directes) et Camille Saunier (librairies spécialisées)

DISTRIBUTION : Interforum

DROITS FRANCE ET JURIDIQUE : Geoffroy Fauchier-Magnan
DROITS ÉTRANGERS : Sophie Langlais
ACCUEIL ET LIBRAIRIE : Laurence Zarra
ANIMATION : Sophie Quetteville
ENVOIS AUX JOURNALISTES ET LIBRAIRES : Vidal Ruiz Martinez
COMPTABILITÉ ET DROITS D'AUTEUR : Christelle Lemonnier, Camille Breynaert et Christine Blaise
SERVICES GÉNÉRAUX : Isadora Monteiro Dos Reis

La couverture et la bande ont été imprimées
par Déjà Link à Stains (Seine-Saint-Denis).

Achevé d'imprimer sur les presses
de l'imprimerie CPI Bussière
à Saint-Amand-Montrond (Cher) en avril 2021.

ISBN : 978-2-37880-177-9
N° d'impression : 2057509
Dépôt légal : mai 2021

En France, un livre a le même prix partout. C'est le « prix unique du livre » instauré par la loi de 1981 pour protéger le livre et la lecture. L'éditeur fixe librement ce prix et l'imprime sur le livre. Tous les commerçants sont obligés de le respecter.

Que vous achetiez votre livre en librairie, dans une grande surface ou en ligne, vous le payez donc au même prix.

Avec une carte de fidélité, vous pouvez bénéficier d'une réduction allant jusqu'à 5 % applicable uniquement en magasin (les commandes en ligne expédiées à domicile en sont exclues).

Si vous payez moins cher, c'est que le livre est d'occasion.